Oskar Roehler

DER MANGEL

OSKAR
ROEHLER

DER
MANGEL

ROMAN

Ullstein

Besuchen Sie uns im Internet:
www.ullstein-buchverlage.de

MIX
Papier aus verantwortungsvollen Quellen
FSC® C014496

Umschlaggestaltung: Sabine Wimmer, Berlin
Titelabbildung: Othmar Zechyr »Berg II«,
© Oberösterreichische Landesmuseen
Satz: Pinkuin Satz und Datentechnik, Berlin
Gesetzt aus der Caslon 540
Druck und Bindearbeiten: GGP Media GmbH, Pößneck
ISBN 978-3-550-20038-0

Die Hut

Die Lage der Hut bezeichnete schon die Isolation, in der wir aufwuchsen. Uns Kindern kam der Weg hinunter ins Dorf endlos vor. Allein gingen wir ihn nie.

Wenn wir unsere Mütter einmal die Woche zum Einkaufen begleiteten, um vom Metzger frische Gelbwurstscheiben abzugreifen, kamen wir meist erst mit Einbruch der Dämmerung wieder zurück. Wir können uns an diesen Weg hinab ins Dorf allerdings nur erinnern, wie er im Winter war, wo man kaum noch die Hand vor Augen sah und mit der Glätte zu kämpfen hatte, den Eisschollen am Wegesrand, an die man sich, mit schweren Einkaufstüten beladen, mit den Fingern festklammern musste, um überhaupt wieder hinaufzukommen, wobei man sich den versteckten Blicken der Bauern aussetzte, die in ihren feindseligen, hieratischen, uneinsehbaren Höfen lauerten, und sich auf diese Weise für immer der Lächerlichkeit preisgab.

Am Eingang des Dorfes hatten sie ein riesiges INRI-Kreuz aufgepflanzt, von dem der Heiland auf uns herabblickte und uns Furcht einflößen sollte. Das ragte in den Himmel, wo die Dorfstraße anfing, extrem steil zu werden. Dieses im Winter nahezu unbegehbare Wegstück war einige Hundert Meter lang, steil wie eine Skipiste – und unbefestigt.

Wenn man das fünfte, irgendwann das zehnte, das zwanzigste Mal mit den schweren Einkaufstüten davorstand, wuchs in einem ein Gefühl von Ohnmacht und Empörung heran. Man nahm es den Bauern übel, dass sie der Gemeindepflicht nicht nachkamen, die darin bestand, das Eis zu räumen. Man wusste nicht, warum. Man hatte bereits viele Briefe an den Gemeinderat geschrieben, die alle nicht beantwortet worden waren. Man ahnte allerdings, dass dieser Boykott aus Habgier geschah und dass sie sich zurückzogen, um keine Rechenschaft ablegen zu müssen, und aus einem tief eingewurzelten Misstrauen gegen Fremde, die wir hier waren. Diese im Dunkel liegenden Höfe hatten etwas Gemeines von Häme und Spott; man fühlte sich aus dunklen Fensterhöhlen beobachtet, wenn man das lächerliche Schauspiel des Heraufkraxelns abgab, und wir konnten ihr schadenfrohes Lachen förmlich hinter unserem Rücken spüren. Sie hatten eine Taktik, uns am langen Arm verhungern zu lassen. Mit jedem Monat in den tiefen Winter hinein wuchs unser Ekel und der Widerstand gegen die Zumutung, diesen lächerlichen Aufstieg zu wagen und sich mit der Tüte zwischen den Zähnen in die Eisschollen zu krallen, zu einer nahezu unüberwindbaren psychologischen Hürde. Unser Sinn für Gerechtigkeit, unsere Disziplin, wurde hier auf die allerhärteste Probe gestellt. Wir Kinder führten neben den Müttern, die den Tränen nahe waren, einen regelrechten Veitstanz der Wut vor den Eisschollen auf, trampelten auf dem Eis herum, bis unser Zorn schließlich so weit verraucht war, dass wir uns an den Aufstieg machten, um unsere Vorräte für die Woche –

Eier, Kartoffeln, Spinat und Mettwurst – in unsere einsamen, abgeschnittenen Häuser oben am Hang zu bringen. Unsere Wut resultierte vor allem aus der Unfähigkeit zu begreifen, warum man uns nicht half. Immerhin hatten wir die Grundstücke oben im guten Glauben gekauft, dass sie erreichbar wären. Unsere Väter hatten uns früh eingeschärft, dass man half, wenn Not am Mann war, dass man das Haus verließ, wenn eine Frau mit einem kleinen Jungen am Wegesrand stand, die nicht weiterwusste, während draußen die Nacht anbrach.

Anscheinend aus niederträchtigen Beweggründen saßen die Bauern unsere Notlage aus, spekulierten sie doch offenbar darauf, die von ihnen an uns verkauften Parzellen Land um ein Vielfaches billiger zurückzukaufen, falls wir wegen des schlimmen Winters und der damit einhergehenden Versorgungsschwierigkeiten aufgeben sollten. Tatsächlich war dieses Wegstück für ein paar ältere Käufer bereits zum Grund für die Kapitulation geworden, da sie nicht mehr die Kraft besaßen, die Nahrungsmittel vom Fuß des Dorfes, wo sich der Laden des Dorfmeisters Ammon befand, wie Packesel zur Hut hochzuschleppen. Sie kündigten ihre Häuser auf und zogen weg. Hinzu kam das Gefühl der Täuschung, denn im Sommer 1962, als wir das erste Mal hier hochkamen, um die zum Verkauf stehenden Parzellen Land zu besichtigen, hatten unsere Wägen keine Mühe, die Steigung zu überwinden, und als wir dann oben ankamen, bot die Landschaft einen dermaßen überwältigenden Anblick, dass wir, geblendet davon, augenblicklich beschlossen, hier zu kaufen, und als wir erfuhren, dass die Preise erschwinglich waren, hüpfte das Herz unserer Väter vor Glück, auch wenn sie später auf der Rückfahrt schweigsam wurden und darüber nachgrübelten, ob die Sache nicht doch einen Haken hatte.

Waren wir erst einmal oben angekommen und stellten, vollkommen erschöpft, unsere Tüten ab, um zu verschnaufen, so bildete die »Hut«, die nun in der Dunkelheit vor uns lag mit den wenigen, im Rohbau befindlichen Häusern, einen unvergleichlichen, unheimlichen Anblick. Nackt und kahl, wie eine Schädeldecke, wölbte sie sich zwischen dem sie von allen Seiten umgebenden Wald. Dieses riesige Dach aus Glas, dunkel glänzend, geädert und tief, welches das Eis bildete, übte auf uns in dem Moment, wo die Last des Schleppens von uns abfiel, eine ungeheure Faszination aus. Als wäre die Schädeldecke durchsichtig und wir könnten in das Gehirn der Landschaft hineinsehen.

Es schien hier oben ein ungeheures Beharrungsvermögen zu walten, das die Möglichkeit besaß, die Fliehkräfte, die Unwägbarkeiten und Gefährdungen des Lebens von uns fernzuhalten und uns mit dem Glück einer permanenten Gegenwart voller Sinneseindrücke zu erfüllen, nur unterbrochen durch den Wechsel der Jahreszeiten und den Wechsel von Hell und Dunkel, der unsere kindliche Phantasie beflügelte und uns in einen kostbaren Urzustand versetzte, von dem wir hofften, dass er für immer anhalten würde.

(An einem kalten Wintermorgen im Jahre 1963, mit gestochen scharfen Bildern von Frost und von Raureif, waren wir das zweite Mal auf die Hut hinaufgefahren. Seit langer Zeit hatten wir dort das Gefühl, wieder aufatmen zu können und den Kellergeruch loszuwerden, der uns bereits anzuhaften schien in der engen, bedrückenden Anliegerwohnung mit den niedrigen Decken, in der wir damals lebten.

Wir Kinder stapften mit unseren Schlitten durch den Schnee und ließen den Abhang hinunter eine breite

Rodelbahn entstehen, die zwischen den späteren Grundstücken hindurch bis zur Waldgrenze führte. Durch das unermüdliche Hinaufsteigen und Wieder-Hinunterfahren in der Kälte entstand in unseren Ohren eine Art Grundrauschen, wie von feinen Instrumenten, die angestimmt wurden, ein Klangteppich eines langsam anschwellenden Orchesters, das immer rhythmischer wurde und immer höhere und höhere Klangwellen schlug, bis es schließlich zu jubilieren anfing.

Wir jungen Schlittenfahrer bildeten diesen Rhythmus selbst, indem wir immer wieder wie besessen den Hang hinunterfuhren, immer schneller, immer waghalsiger wurden, bis wir schließlich die Waldgrenze durchbrachen und durch den hohen Pulverschnee lautlos zwischen den Stämmen der Baumriesen hindurchglitten und bis zum Schwarzgrund hinunterdrangen, zu einem Punkt absoluter, tödlicher Stille.

Immer wieder taten wir dies und erzeugten dadurch eine Ekstase, die Halluzinationen hervorrief, bis zu einem Punkt, wo sich tatsächlich der Klang in unseren Ohren, das Rauschen von Blut, in den gewaltigen Rhythmus des zweiten Satzes der Eroica verwandelte.

Es waren die Kräfte in uns, die sich zu diesem Rhythmus steigerten, der uns alles um uns herum vergessen ließ bis auf das Weiß des Schnees, das direkt unter unseren Köpfen vorbeiraste, die fast am Boden, tief zwischen den hochgewölbten Kufen des Schlittens lagen, während unsere Hände, taub bereits von der eisigen Kälte, diese umklammerten und unsere Körper sich auf das Holz des Schlittenkorpus pressten und unsere Zähne sich in die Bastkordel der Leine verbissen, die uns als Trense und als Steuerrad diente.

In diesem Winter fuhren wir lange Nachmittage hinunter, die immer dämmriger wurden, bis der Schnee zu flimmern anfing und löchrig vor unseren Augen wurde. Diesen Automatismus trieben wir bis zur Weißglut, bis die ungeduldig oben wartenden Erwachsenen uns gewaltsam von unseren Gefährten lösten und wir schließlich, auf der Rückbank, in der Wärme der Autos, vor Erschöpfung augenblicklich tief einschlummerten.

Diesen Vorgang planten wir jedes Jahr zu wiederholen, wenn der nächste Schnee auf der Hut fallen würde; voller Vorfreude dachten wir bereits im Herbst des kommenden Jahres daran, wie wir unsere Schlitten aus der Garage holen und uns auf den Weg machen würden.)

Bevor wir unsere Tragetüten wieder aufnahmen, um über den breiten Schotterweg zu gehen, von dem die Trampelpfade zu unserem Häuschen führten, warfen wir noch einen Blick auf den Himmel, der noch zeichnete, bevor es vollkommen dunkel wurde. Die Häuser hatten noch kein elektrisches Licht und wirkten verlassen. Die Hochspannungsmasten der Überlandleitung, die uns eines Tages den Strom bringen sollte, ragten bereits in den Himmel. Sie zogen sich weit über die Wälder hinweg bis zum Horizont und gaben uns das Gefühl, dass irgendwo da draußen das Leben stattfand, an anderen Orten, in anderen Städten, aber nicht hier. Ein plötzliches Gefühl des Verlassenseins und der Trostlosigkeit überfiel uns bei dem Gedanken an den Vater, der da draußen irgendwo unterwegs war, in diesen Städten, die wir nur von den Photos auf den Postkarten kannten, die er uns unter der Woche schickte, bevor er am Freitag nach Hause kam. Aber dieses Gefühl auf dem Weg durch die nächtliche Finsternis, bevor wir das Haus erreichten, war nur kurz und eines von vielen, die kamen und gingen. Oft lagen diese Gefühle auch nah beieinander. Freude war mit Beängstigung gepaart, Hoffnung mit Hoffnungslosigkeit – als stünde die Dynamik unserer Gefühle in einem krassen Gegensatz zu dem fortwährenden Stillstand, der hier oben herrschte, und kreiste ständig um sich selbst.

Um die Masten flogen Krähenschwärme und stießen herab in den Schnee. Den ganzen Winter über zogen sie ihre beunruhigenden Kreise in der Düsternis der Abenddämmerungen, und wenn sie auf dem weißen Grund tief unter ihnen etwas erspähten, das im Dunkel schimmerte, stießen sie herab wie paranoide Gedanken.

Unten am Fuß des Masts lagen eingerollt die mächtigen, faustdicken Kabel der Oberlandleitung, die von den Montagearbeitern tagsüber in schwindelerregender Höhe und in einer unglaublich mühsamen Bewegung Stück für Stück immer weiter in der Trasse montiert wurden.

Als ich zwischen vier und sechs Jahre alt war, interpretierte meine Phantasie unablässig die unterschiedlichsten Bedeutungen in die Dinge hinein.

Am Abend konnte ich nicht schlafen. Wenn ich die Augen schloss, beunruhigte mich eine Flut von Eindrücken, die sich auf der Netzhaut festgesetzt hatten. Wie ein Diavortrag, den ich nicht anhalten konnte, erschien Bild für Bild in seiner ganzen statischen Grausamkeit. Und ich erschrak jedes Mal, wenn mein Gedächtnis wieder mit einem Ruck ein neues Detail zum Vorschein brachte, das ich vergessen hatte, ein Büschel Gras, das sich im Wind bewegte, eine einsame Parkbank am Waldrand, eine Böschung, die halb schon im Schatten lag. Ich wachte dann jedes Mal, obwohl ich gerade fast schon eingeschlafen war, durch diesen Ruck wieder auf, mit dem mein völlig überladener Apparat das nächste Bild vor mein inneres Auge schob. Ich öffnete dann die Augen und starrte an die Decke. Manchmal huschte der Schatten eines auf der Schotterpiste vorbeifahrenden Wagens übergroß an der Decke vorbei. Dann wurde es wieder still, und das einzig Heimelige in der sich immer mehr entblößenden Hohlheit und Substanzlosigkeit der Welt war der alte Vorhang mit seinen verblichenen Blumenmustern, dessen Saum sanft über dem Fensterbrett schaukelte.

Morgens erwachte ich nach einem langen, tiefen Schlaf mit dem köstlichen Vorgefühl, dass der ganze Tag mir gehörte und ich ihn bis zur Neige auskosten konnte.

Vor unserem Haus breitete sich eine Fläche aus, die sich nach allen Seiten über mehrere Quadratkilometer bis zum Waldrand erstreckte. Dieses sogenannte Baugelände, auf dem in den nächsten Jahren die Siedlung entstehen sollte, war im Jahr zuvor von Baggerfahrzeugen planiert worden, die Felder und Wiesen abgetragen hatten, sodass der nackte Lehmboden darunter zum Vorschein kam.

Der Tag fing damit an, dass ich diese riesige Fläche überquerte, um zu den Wiesen am Waldrand und in den Wald zu gelangen. Mit dem Weg dorthin, dem Aufenthalt im Wald und der Rückkehr füllte ich die Zeit bis zum frühen Abend.

Jeden Tag besuchte ich zur gleichen Stunde die gleichen Orte, wie ich es auch später, egal, wo ich lebte, tat. Anderen mochte es langweilig sein, ihre Tage einer so perfekten Routine zu unterwerfen, wie ich es tat, und immer nach der gleichen Gewohnheit zu leben. Für mich war es eine Conditio sine qua non. Fast zwanghaft schon befasste sich mein Vorstellungsvermögen mit dem, was es kannte und was es erwartete. Es irritierte mich furchtbar, wenn der Ablauf des Tages nicht stimmte, weil irgendetwas dazwischengekommen war und anders verlief, als ich es mir vorgestellt hatte. Ich fühlte mich dann herausgeschleudert aus meinem magischen Kreislauf und wurde furchtbar ungehalten, quengelig und verärgert, weil ich nicht das bekam, auf was ich mich schon so gefreut hatte. Es konnte mir zum Beispiel nie passieren, dass ich zur Unzeit abends nach Hause kam und die geliebte Schattenlinie verfehlte, die das Haus gegen die zunehmende Dämmerung warf. Es musste auch schon das gedämpfte Flurlicht brennen, und der Trampelpfad unter meinen Füßen durfte kaum noch erkennbar sein. Selbst der Putzlappen an der Schwelle des Eingangs, auf den das Flurlicht durch die bunten Glasbausteine neben der Tür fiel, war ungeheuer wichtig. Der große Busch neben dem Wasserhäuschen, in tiefen Schatten getaucht, musste bereits seinen kühlen Duft von Jasmin verströmen, der sich erst in der Nachtluft entfaltete. Und manchmal, an manchen Tagen, verfluchte ich sogar die Leuchtkäferchen, weil sie nicht, wie erhofft und erwartet, kamen. Außerdem musste ich – im Sommer – einen bestimmten Grad von Sonnenbrand haben; es musste ein bisschen kitzeln und brennen, um dem Gesamtbild, das ich mir von meiner Rückkehr ins Haus gemacht hatte, eine noch größere Authentizität zu verleihen. Auch die Ungewissheit, die ich über allem spürte und die meine Zuversicht minderte, durfte nicht fehlen, um die Grundspannung zu halten, in der sich mein Universum befand.

Sonst wäre mir alles unecht erschienen, hätte ich nicht diese Ungewissheit gespürt. Sie war im Geruch des feuchten Zements, der überall noch im Haus hing, und oft holte ich mir eine Überdosis davon, wie ein Schnüffler, wie ein Süchtiger, der an einer Plastiktüte mit Patex hängt, was zur Folge hatte, dass diese Ungewissheit mich nachts, wenn ich nicht schlafen konnte, wie eine Geruchshalluzination überfiel und mich in meinem kleinen Schlafzimmer mit einer Art trostloser, selbstquälerischer Sehnsucht nach dem Unbekannten erfüllte.

Ich wurde nicht, wie andere, durch Routine erstickt, sondern sie schaffte mir Freiräume im Denken. Wenn Unvorhergesehenes geschah, war es aus mit der Freiheit, und ich musste die Umstände neu tarieren, wenn beispielsweise ein fremder Mensch zu Besuch kam, mit dem wir einen Ausflug machten, und wir uns nach diesem fremden Menschen richten mussten oder wenn wir andere Orte besuchten als diejenigen, die wir schon auswendig kannten, und uns von daher neu orientieren mussten. Das war jedes Mal schrecklich für mich. Es brachte nur unnötige Unruhe und machte überhaupt keinen Spaß. Außerdem beinhaltete es die unausgesprochene Drohung, dass Dinge sich ändern konnten, was ich keinesfalls wollte.

Als ich zum Beispiel den Schweinebraten mit Kartoffelklößen und Rotkohl entdeckt hatte, wollte ich nie wieder etwas anderes essen. Wenn wir, was manchmal an den Wochenenden geschah, in die fränkische Schweiz fuhren, nach Egloffstein oder nach Kirchehrenbach, und dort die immer gleichen Landgasthöfe besuchten, konnte ich nicht begreifen, warum die Erwachsenen sich der aufreibenden und lästigen Tätigkeit widmeten, in die Speisekarte zu blicken und diese sogar noch zu studieren, obwohl ja jeder wusste, dass es den phantastischen Schweinebraten gab, den am Ende sowieso jeder essen würde. War er einmal aus, dann machte mich das sehr wütend, weil die Gewohnheit unterbrochen wurde. Ich wollte dann gar nichts mehr essen.

(Später kam noch ein zweites Gericht hinzu, das ich sehr mochte, den gebackenen Karpfen mit Kartoffelsalat, ebenfalls ein regionaltypisches Gericht.)

Waren die fünf Gänse nicht da, die normalerweise immer mit lautem Gackern auseinandertrieben, wenn wir den winzigen Steg über den Kirchehrenbach zum Gasthaus hin überquerten, war das für mich eine Veränderung in der Routine, die mich düster stimmte. Ging damit doch die Befürchtung einher, dass dies ein Vorzeichen dafür war, dass gleich etwas viel Schwerwiegenderes schiefgehen könnte, nämlich dass der Schweinebraten aus war. Das hätte mir dann den ganzen Tag verdorben.

So war ich angewiesen auf die einzelnen Punkte der von mir festgesetzten Alltagsroutine und durch nichts davon abzubringen. Ich hangelte mich daran durch den Tag, bis ich ihn endlich hinter mir hatte. Daran würde sich nie etwas ändern.

Andererseits gab ich jede Verantwortung für die restlichen Dinge des Alltags ab, die nicht in mein System gehörten. Ich überließ es den Erwachsenen, über Wanderkarten zu brüten. Sie waren es schließlich, die aus dem Wald herausfinden mussten. Ich dackelte lediglich hinter ihnen her, um mir keine Gedanken darüber machen zu müssen. Da ich mich weigerte, mir über all diese Lappalien den Kopf zu zerbrechen, blieb ein großer Teil meines Gehirns in einer wunderbaren schöpferischen Leere. Ich war ein Mensch ohne Neugier. Und ohne Neugier schien ich bereits auf die Welt gekommen zu sein.

Die Bauernhöfe, die entlang der Steigung bis nach unten zum Fuß des Dorfes lagen, waren immer in einen Nebel gehüllt, der abgestanden, nach Verwesung roch, mal stärker, mal weniger stark, mal nach Waschküche, mal nach Schlachtung, mal nach Fäkalien. Die Bauern ließen sich niemals blicken, auch beim Dorfmeister Ammon nicht und auch nicht beim Fleischer, den sie zwar belieferten, aber bei dem sie nicht kauften, um ihre Autarkie zu unterstreichen. Während der Jahre der frühen Kindheit haben wir die Bauern kein einziges Mal zu Gesicht bekommen, vielleicht mal den einen oder anderen vereinzelt weit entfernt auf den Feldern auf seinem Traktor gesehen. Sie hatten sich nach dem Verkauf der Grundstücke jeder Verantwortung entzogen. Nur einmal brandete ihre Wut auf, als sie in einem Fall ihre Interessen nicht durchsetzen konnten, und da bekam man zu spüren, wie tief ihr Hass saß und wie roh und primitiv sie ihm Ausdruck verliehen.

Wie eine Wehr umstanden die Höfe und Bauernhäuser die katholische Kirche, die nur durch ein Labyrinth schmaler Gassen zu erreichen war. Eingeschüchtert schlichen wir durch diese bedrückende Atmosphäre zum Geschäft des Dorfmeisters Ammon, das hinter der Kirchhofsmauer lag, wo, vor dem Eingang zum Kirchhof, ein weiterer, großer INRI, dem das Blut aus den Augen tropfte, aufgepflanzt war.

Der Dorfmeister Ammon war und blieb für uns eine schimärenhafte, dickliche Gestalt mit wässrigen, hellblauen Augen und einem rötlichen Flaum auf dem Schädel, auch er in einen diffusen Nebel aus Kältedampf und Fleischgestank gehüllt, in dem er hantierte, hinten im Kühlraum, wo die Schweinenacken hingen, aus dem er dann schließlich mit ungeschlachten Bewegungen heraustrat, um die Wurst vom Haken zu reißen und vor der Auslage in dicke Stücke zu schneiden, die er uns dann mit seinen Wurstfingern überreichte, damit er uns dabei zusehen konnte, wie wir sie gierig hinunterschlangen. Der Dorfmeister Ammon, dessen unterdrückte Gewalttätigkeit sich in jeder seiner Bewegungen manifestierte, war der einzige Dörfler, den wir je leibhaftig zu Gesicht bekamen. Oft verschwamm sein Gesicht vor unseren Augen, als käme er aus einem Alptraum, der immer undeutlich blieb.

Das Dorf war und blieb in unserer Erinnerung menschenleer. Feuchte Pflastersteine, zugezogene Vorhänge vor den kleinen, zur Gasse gelegenen Fenstern – Totenstille.

Und wenn man sich beweisen wollte, dass diese Kulisse bewohnt war, dann musste man warten bis zum Geläut der Messe, bis die Kirchenglocken mit immenser Wucht und Lautstärke über den Häusern geschlagen wurden und das Pflaster erschütterten. Unter diesem pathetischen, furchterregenden Lärm, der alles Leben im Keim erstickte, strömten sie dann, in der Masse, alle in Schwarz, klein und gedrungen, Richtung Kirche, angeführt von einer Schar uralter, vermummter Weiber in bodenlangen schwarzen Kleidern, deren runzelige Gesichter und scheelen Geieraugen unter Schleiern und Kapuzen verborgen waren.

Weiter als bis zu den hellen Scheiben des Herrn Ammon haben wir uns nie ins Innere des Dorfs vorgewagt. Und jedes Mal atmeten wir auf, wenn wir es wieder verlassen hatten, die letzten Bauernhöfe hinter uns ließen und uns am Eis der unbefestigten Straße festklammern konnten, das aufblitzte wie ein Zeichen von Freiheit.

Im Jahre 1965 schlug die versteckte Feindseligkeit der Bauern in offene Feindschaft gegen die Siedlung um, als deren Bewohner bei der Gemeindeverwaltung verlangten, für uns Kinder, die wir bereits im Vorschulalter waren, eine Schule zu bauen. Die Bauern weigerten sich einstimmig, ohne Gründe zu nennen, eine ihrer Parzellen, die für den Bau vorgesehen war, zu verkaufen. Der Streit mit der Stadtverwaltung entbrannte derart heftig, dass sich die Kreisstadt gezwungen sah, das Dorf einzugemeinden und eine Parzelle mit Baufahrzeugen zu besetzen. Die Bauern, die es nicht gewohnt waren, sich irgendwelchen Gesetzen zu beugen, außer jenen, die sie selbst in ihrer inzestuösen, langen Geschichte aufgestellt hatten, waren so wütend darüber, dass man ihnen ihr angestammtes Land wegnahm und somit ihre Arroganz demütigte, dass sie sich nachts mit Benzin und Fackeln und, in alter Manier, mit Mistgabeln und Sensen bewaffneten, um in einem eindrucksvoll inszenierten Schauspiel den Lynchmob zu geben und unter lauten Flüchen und Verwünschungen in Richtung Siedlung das gesamte Grundstück mitsamt den Bauwägen und Baggern abzufackeln. Sie brüllten wie Stiere und stießen mit all ihrer rohen Kraft die schweren Gerätschaften um, bevor sie sie anzündeten.

Schnell waren sie wieder verschwunden und hinterließen nichts außer einem nachhaltigen Eindruck von stiernackiger, lange angestauter Brutalität. Die Schule wurde wenig später in einem modernistischen, minimalistischen Stil gebaut, der sehr an den Bauherrn, die evangelische Kirchengemeinde, erinnerte. Einige von den Bauern verweigerten ihren Kindern die Teilnahme am Unterricht, was zur Folge hatte, dass ihr Analphabetismus dadurch weitervererbt wurde.

Die Kinder lungerten allerdings an den Weggabelungen herum und beobachteten diejenigen von uns, die in die Schule gingen, und lauerten ihnen auf, wenn sie diese wieder verließen und hinauf zur Siedlung gingen. All das war nicht wirklich dazu angetan, gerne zur Schule zu gehen, aber weshalb wir sie tatsächlich mieden, hatte am Ende ganz andere Gründe, die in uns selbst lagen, an unserer Gleichgültigkeit der Zukunft gegenüber und unserer allgemeinen Faulheit, was die Aneignung von abstraktem Wissen betraf, für dessen Notwendigkeit uns jedes Verständnis fehlte.

Die Häuser

Das, was sie unten im Dorf abfällig »die Siedlung« nannten, war eine Ansammlung kleiner, neuer Häuser, in der üblichen Bauweise der Sechzigerjahre.

Nüchtern betrachtet waren es Spießerhäuser, nach strenger Zweckmäßigkeit auf dem Reißbrett entworfen. Unten gab es ein Wohnzimmer mit einer Essecke, einen schmalen Eingangsbereich mit bunten Glasbausteinen neben der Haustür und eine kleine Küche mit einer Durchreiche. Oben, in der Dachschräge, waren zwei weitere Zimmer, die als Schlaf- und Kinderzimmer genutzt wurden. In beiden Stockwerken gab es ein Bad.

Des Weiteren hatten sie einen Keller, in dem die Vorräte gelagert wurden.

Der einzige Luxus, den sich diese Häuser leisteten, war ein großes, lang gestrecktes Wohnzimmerfenster mit Blick auf die Landschaft. Dahinter lag eine mit Natursteinen gebaute Veranda, auf der die Familien bei schönem Wetter ihre Feierabende verbrachten. Von ihr führte eine Böschung in die darunterliegenden Gärten hinab.

Zur Zeit des Einzugs der ersten Familien waren alle Grundstücke von einer nackten braunen Lehmschicht bedeckt. Überall, wohin man auch sah, war es braun. Braune Brocken aufgehackter Erde in frisch angelegten Beeten, dampfend vor Feuchtigkeit, wo früh in der Dämmerung die Väter, lange bevor sie zur Arbeit mussten, unter den wachen Augen der Mütter, die hinter den Scheiben der Schlafzimmerfenster standen, den Samen für die Möhren und Kartoffeln einbrachten, die die Familien als Grundnahrungsmittel brauchten, um über die Runden zu kommen, da der Lohn am Anfang nicht reichte, um gleichzeitig die Schulden für das Haus abzubezahlen und die Familie zu ernähren.

Karge Einrichtung der Küche, karge Einrichtung des Wohnzimmers. Putzlappen zu einer Front zusammengeknüllt außen vor Fensterbrettern als Schutz gegen den Regen, Putzlappen auch in dicken Schichten vor der Haustür und davor unsere schweren, klobigen Schuhe mit der dicken Lehmschicht unter den Sohlen.

Neben dem Haus die ewige Baustelle der Garage, die viele Jahre nicht fertig werden sollte, verflucht von der Mutter als ewig offene Wunde, die all den Dreck wieder hineinspülte ins Haus und Anlass für Streitigkeiten prinzipieller Natur gab.

Der Vater schaffte es offenbar nicht oder wollte es nicht schaffen, endlich den Eingangsbereich des Hauses fertigzustellen. Der versank noch immer in einem Chaos aus Werkzeugen und Baumaterialien. Überall waren Lachen halb getrockneten Mörtels, Stapel teilweise aufgeplatzter Zementsäcke, hässliche graue Steine aus Waschbeton, deren Anblick immer wieder ein Kopfschütteln bei der Mutter hervorrief, weil sie schon so oft weggeräumt worden waren, aber auf rätselhafte Weise immer wieder den Weg zurückfanden, um alles zu verschandeln. So entstand bei ihr der Eindruck einer Sisyphusarbeit, die sie immer mehr verärgerte, wütend machte und am Schluss fast verzweifeln ließ, bis endlich, nach Jahren, doch noch die Zeit gefunden wurde, die Garage fertig zu bauen.

Das durchgesessene hellblaue Sofa, noch aus der Aussteuer der Großmutter stammend und mindestens fünfzig Jahre alt, wurde, obwohl es so unansehnlich war, fast mit Ehrfurcht behandelt, weil es einen so langen Weg hinter sich hatte, von Schlesien bis hierher, und eine so alte Geschichte besaß, die unzähligen Stoff für Erzählungen abgab, wenn man nur danach fragte. Der knarzende Kinderhocker, auf dem schon mein Vater und dessen Vater gesessen hatte und auf dem nun ich sitzen durfte, ebenfalls voller Geschichten. Das goldgerahmte Portrait des Urgroßvaters im schwarzen Frack und weißen, spitzenbesetzten Manschetten, das über dem Esstisch hing, sein heller, freundlicher Blick, der immer auf einem zu ruhen schien, ganz gleich, von wo aus man zu ihm hinsah, legte wohl am deutlichsten Zeugnis davon ab, aus welcher Familie meine Mutter ursprünglich kam – Fabrikbesitzer waren sie gewesen. Wie viel Wert sie insgeheim auf diese längst verlorenen bürgerlichen Wurzeln und deren Traditionen legte, kam in Eigenheiten bei den abendlichen Tischgesprächen der Eltern zum Ausdruck. Wenn der Vater etwa glaubte, über banale Alltäglichkeiten aus seinem Berufsleben berichten zu müssen, dann unterbrach ihn die Mutter mit einer gewissen versöhnlich gemeinten Arroganz, indem sie mit der silbernen Zuckerdose in ihren Händen spielte und ihn fragte, ob er sich noch erinnern könne, woher sie diese habe, was sie dann zum Anlass nahm, in sentimentalen Erinnerungen an ihre Jugendzeit zu schwelgen, die, trotz der Benimmregeln, die man ihr auferlegt, und dem strengen Regiment, das ihr Vater geführt hatte, sehr schön gewesen sei.

Diese sehr selten geführten, leicht versnobten Gespräche schafften es für ein paar Stunden, mit Alkohol untermauert, darüber hinwegzutäuschen, in welchem Dreck man tatsächlich feststeckte, und dienten obendrein als erotische Stimulation, indem sie den Vater daran erinnerten, wie hübsch die Mutter einst in jungen Jahren gewesen war.

Die Mutter war sich dessen bewusst, spielte dabei unablässig mit den Händen und brachte durch diese alten Geschichten mit gurrender Stimme das Maximum ihrer noch vorhandenen Östrogene in Aufruhr. Der Vater konterte scherzhaft ihre Erzählungen mit genauen historischen Widerlegungen, um sie zu ärgern. Pedantisch, wie er war, hatte er alle Ereignisse seines Lebens stichwortartig in seinen Tagebüchern festgehalten und konnte sie jederzeit nachschlagen. Er brachte dabei seine nicht weniger bürgerliche Herkunft ins Spiel, um sich in deren Glanz zu sonnen, und behauptete sogar, wenn die Mutter irgendwann, wie immer, auf das erste Verliebtsein zu sprechen kam, dass seine anfängliche Absicht eine Zweckheirat gewesen war, was die Mutter jedes Mal empörte, aber gleichzeitig auch entflammte.

Diese Gespräche waren insofern besonders delikat, als sie nur an den Freitagabenden stattfanden, wenn der Vater nach einer Woche aus Nürnberg, meist verspätet, zurückkam und von der Mutter bereits sehnlichst erwartet wurde, was sie aus Stolz aber immer gut verheimlichen konnte. Die aufgeladene Stimmung war dann meist labil und konnte jederzeit in Streit und gegenseitige Anwürfe umschlagen, die dann den Rest des Abends verdarben. Nur wenn es dem Vater glückte, aufgrund besonderer Sensibilität, Nachsicht und Toleranz gegen die ständig aufflackernden Animositäten und Eifersüchteleien von ihrer Seite das Wiedersehen in eine harmonische Richtung zu lenken, konnten solche Gesprächskabinettstückchen gelingen.

Am Anfang waren es drei Häuser am Hang, deren Bauende auf den Spätherbst 1963 datiert worden war. Eines davon war unseres. Da der Architekt sich verkalkuliert hatte, war der Rohbau noch nicht einmal halb fertiggestellt, als im September die ersten, starken Regenfälle einsetzten. Die Baugruben füllten sich über Nacht mit einem hüfttiefen schwarzen Brackwasser. Am Anfang versuchten wir das Wasser abzupumpen, mit einer Pumpe, die wir eigens mitgebracht hatten und die so schwer war, dass wir sie kaum bis zum Rand der Grube schleppen konnten. Bevor mein Vater Vertreter wurde, fuhren wir jeden Nachmittag, wenn er mit der Arbeit fertig war, wieder hinauf auf die Hut zu unserem Grundstück, selbst bei strömendem Regen, und unternahmen verzweifelte Versuche, das Wasser abzupumpen. Bis heute höre ich ihn, wie er »Pumpen!! Pumpen!!« rief, wie ein Seemann, dessen Kahn im Sturm unter Wasser ging. Wir Kinder taten, klitschnass, was wir konnten, aber wirklich voran kamen wir nicht. Das Grundwasser blieb.

Rätselhafterweise stieg es sogar immer höher, selbst wenn es nicht regnete. Der Architekt, der sich nur noch sehr selten blicken ließ, mutmaßte, dass sich Risse im Beton gebildet hätten, durch die das Grundwasser hindurchdrang, und schob es auf die Tektonik der Hanglage. In dem Teil des Rohbaus, der schon überdacht war und dessen leere Fensterhöhlen an nichts Gutes gemahnten, lag ein Geruch von feuchtem Mörtel, den wir immer inhalierten, sobald wir im Inneren herumgingen, während wir uns behutsam in den einzelnen, kahlen Räumen umsahen.

Diese Ecken, um die man in dem verlassenen Bau gehen musste, hatten etwas Unheimliches. Besonders der Weg zur Kellertreppe, die in ebenjenem dunklen, schlammigen Wasser endete. Überall konnte man auf etwas stoßen, einen Wurf junger Katzen, die sich dort eingenistet hatten, oder auf den Kadaver eines größeren Tiers, das im Wasser ertrunken war und aufgebläht und reglos an der Oberfläche schwamm. Man konnte Frösche quaken hören in den verschleimten, dunklen Ecken unten im Wasser, in das die Betonwände metertief hineinragten. Wir starrten in diese toten Winkel, in denen es gluckerte oder sich irgendetwas unter der Oberfläche bewegte, folgten den Luftblasen und ihren Emanationen auf dem schwarzen Wasser und interpretierten alles Mögliche an kindlichem Schrecken hinein, von Kröten mit Edelsteinen als Augen bis zu weißen Lurchen mit spitzen Zähnen, die nur darauf warteten, dass wir ins Wasser fielen, um uns aufzufressen. Die Väter hingegen starrten schweigend und wie gelähmt vor sich hin. Der Regen dauerte nun schon Monate an, und es sah nicht danach aus, als würde er jemals aufhören. Sie hatten ihr ganzes Geld in diese Grundstücke und den Bau ihrer kleinen Häuser gesteckt, und nun machte das Wetter alles zunichte. Sie hatten schon einmal, nach dem Krieg, alles verloren, und ihnen schien, als würde sich das Schicksal auf eine hämische, schadenfrohe Art noch einmal wiederholen, ohne dass sie etwas dagegen tun konnten. Wir Kinder ließen sie mit ihren nassen, an den Körper geklatschten Trenchcoats und ihren trostlosen braunen Aktentaschen, in denen sie die Baupläne verstaut hatten, vor den Gruben stehen. Die Luft war messerscharf, metallisch und voller Würze. Dunkle Wolkenfronten eilten vom Horizont heran. Wir warfen uns in diese steifen, nasskalten Brisen im Vorfeld der herannahenden Gewitter und liefen unter den vorbeitreibenden Wolken mit.

Manchmal tauchte Becker auf, der hier ebenfalls baute und dessen Baustelle in einem ähnlich desolaten Zustand war wie unsere. Er brachte seine Familie erst gar nicht mehr mit, um ihr den trostlosen Anblick zu ersparen. Sein Grundstück lag nur hundert Meter von unserem entfernt, aber die Distanz schien unüberbrückbar. Seine Kinder, Holger und Bettina, würde ich erst im nächsten Frühjahr kennenlernen, als die Bauarbeiten endlich wieder aufgenommen werden konnten.

Noch mal ein Stück weiter baute die Behrendfamilie ihr Haus. Sie alle hatten mit den gleichen Problemen zu kämpfen.

Eine merkwürdige, schweigende Ansammlung von Leuten war das, die immer wieder um eine ähnliche Uhrzeit mit ihren Wägen den Schotterweg hinaufgekrochen kamen, tatenlos um die Gruben ihrer Grundstücke standen, als hielten sie eine Andacht, bevor sie wieder, die Hand zu einem kurzen, stummen Gruß erhoben, in ihre Wägen stiegen, um unverrichteter Dinge zurückzufahren.

Ohne den Wunsch, sich in irgendeiner Form mitzuteilen – denn worüber sollten sie reden? Es war doch alles klar, oder? –, bildeten sie vor einem quasi biblischen Hintergrund inmitten fußballplatzgroßer, matschiger Lehmfelder voller Spuren symbolische Gruppen des Scheiterns, wie sie ein Maler, der diese Epoche der Ernüchterung hätte darstellen wollen, nicht besser hätte wiedergeben können.

Der Titel dieses Gemäldes hätte zu einer langen Erklärung ansetzen müssen, einer Fußnote über den melancholischen Ernst und die Schicksalsergebenheit, die unter der aufgetünchten Fassade des beginnenden Wirtschaftswunders auf jenen Gesichtern zum Vorschein kam, die kein Glück hatten oder die das Glück verlassen hatte. Der Titel »Die Traumatisierten« hätte gepasst.

Das schwarze Brackwasser, in das sie starrten, hätte als metaphorischer Spiegel für Verdrängtes, in Vergessenheit Geratenes herhalten müssen, das sich nun wieder einen Weg an die Oberfläche bahnte.

Energische Deutsche, wie das Wirtschaftswunder sie kannte, hätten jetzt, mit einer dicken Zigarre zwischen den Kiemen, feist und robust, wie sie waren, angepackt und alles zack, zack in Ordnung gebracht. Unsere Väter hingegen ergriff eine seltsame Schwermut, die ihre Gesichter weich machte und die für uns Kinder schwer zu deuten war. Welche finalen, geisterhaften Gedanken mochten ihnen wohl durch den Kopf gehen.

Tröstend legten sie ihre warmen, großen Hände auf unsere Hinterköpfe.

Sie sahen ihr Geld verrinnen, aber sie sprachen nicht darüber und wurden im Laufe des Winters immer schweigsamer. Sie dachten daran, wie sie sich, trotz großer Skrupel, endlich zu der Entscheidung durchgerungen hatten, einmal wenigstens auf ihr Glück zu setzen, und freudestrahlend verkündet hatten, dass sie das kleine Haus bauen würden, und dass die Familie sie noch vor einem halben Jahr jubelnd umarmt hatte.

Nun verrottete dieser kleinbürgerliche Traum, an den zu glauben sie sich so schwergetan hatten, tatsächlich vor ihren Augen, und ihnen blieb angesichts dieses entscheidenden Fehlers nichts anderes übrig, als beim Betrachten des reglosen schwarzen Brackwassers zu lächeln, weil sie es eigentlich immer schon gewusst hatten.

»Schwarzseher« hätte das Gemälde deshalb auch heißen können.

Eine weitere Fußnote des Gemäldes musste auch davon handeln, dass die »einfachen Leute« hier oben kein anderes Werkzeug der Kommunikation hatten als das der Arbeit. Und dass es, solange nicht gearbeitet wurde, solange ihnen die Hände gebunden waren, auch keine Kommunikation geben konnte. Und dass sie die Letzten waren, die gelernt hatten, diese Dinge mit sich selbst auszumachen, anstatt zu jammern.

Als der Frost kam, fuhren wir nicht mehr hinauf, verschanzten uns für den Rest des Winters in der dunklen, kleinen Wohnung mit den niedrigen Decken; das Schweigen wurde bedrückend, und unheimliche Szenen spielten sich in meinem Gehirn ab, seit ich gehört hatte, dass in der Nachbarschaft ein Familienvater sich und seine ganze Familie umgebracht hatte. Erst im März, als das Eis geschmolzen war, kehrten wir mutlos zur Baustelle zurück, um nachzusehen, ob überhaupt noch etwas davon übrig war.

Die verwaisten Gruben bildeten dunkle Seen. Das Wasser musste wieder hochgepumpt werden. Das Leben setzte zu einer seiner endlosen Wiederholungen an.

* * *

Das Fundament musste trocknen, ein Ingenieur prüfte die schadhaften Stellen. Das alles kostete Geld und Zeit. Die Männer konnten erst nach der Arbeit hochkommen.

Trotzdem: Im Verlauf der Arbeiten und aufgrund der gegenseitigen Hilfeleistungen kam allmählich jene Vorfreude auf, an die ich mich noch aus der Kindheit so gut erinnern kann. Jetzt kamen die fundamentalen Eigenschaften unserer Väter zum Vorschein: ihr Durchhaltevermögen, ihre Geduld, ihre Bedächtigkeit und Hilfsbereitschaft.

Arbeitskraft, Ressourcen, Rohstoffe wurden geteilt. Es war selbstverständlich, dass wir uns halfen. Wenn man in die ausgehärmten, bleichen Gesichter blickte, sah man nichts als die spiegelnde Brille, den beflissenen Ernst, den schmalen, eingefallenen Mund, die demütige Hingegebenheit an die einfache Arbeit.

Vor dem Kofferraum ihrer Autos kleideten sie sich um, tauschten ihre Trevira-Anzüge, die sie zu Dutzendmenschen machten, gegen braune Trainingshosen und Feinrippunterhemden und packten an. Sie waren unscheinbare, schweigsame Männer, die selten lächelten, nicht aus der Deckung kamen, nichts von sich preisgeben wollten. Sie waren damals schon vierzig oder fünfzig – und sie standen in ihren Betrieben immer noch in der zweiten oder dritten Reihe, saßen in ihren winzigen Hinterzimmern vor ihren Zahlenkolonnen, als hätten sie nie etwas anderes getan. Wir Kinder warteten immer darauf, dass sich ihr Wesen änderte, wenn sie abends ihre Einheitsuniform ablegen konnten und in ihre alten Hosen und Unterhemden schlüpften. Denn wir empfanden diese Augenblicke dort oben in der kalten, frischen Abendluft als rar und unendlich kostbar. Aber sie nahmen sofort ihre Arbeit auf, angesichts des gewaltigen Pensums, das sie zu bewältigen hatten, um wenigstens dieses Jahr ihr Haus rechtzeitig fertigzustellen. Fronarbeit waren sie von Kindesbeinen an gewohnt, Härte gegen sich selbst. Die Schönheit der Natur gönnten sie sich jeden Samstagabend für die Dauer einer Zigarettenlänge und einer Flasche Bier, die sie, gegen die Wand gelehnt, gemeinsam tranken, als die Sonne längst untergegangen war.

Spät, wenn wir in die Wohnungen zurückkamen, in denen wir noch lebten, wechselten sie mit unseren Müttern nur die nötigsten Worte. Die ungelösten Probleme, mit denen sie sich fortwährend beschäftigten, zehrten den Rest ihrer Jugend und Männlichkeit auf.

Nach dem Essen warfen wir einen Blick auf den abgeräumten Esszimmertisch, an dem sie immer noch saßen, diesmal mit der eigenen Buchhaltung beschäftigt, errechnend, wie viel von dem knappen Geld übrig blieb, um weitermachen zu können. Sie zehrten auch hiermit ihre Kräfte auf, mit der gleichen, stetigen Beharrlichkeit, von der sie nichts abbringen konnte, und oft fragten wir uns, worin dieser Arbeitsdrang begründet war. Doch irgendwann spät in der Nacht, wenn alle anderen längst ins Bett gegangen waren, konnte es geschehen, dass wir sie heimlich dabei ertappten, wie sie, immer noch allein, unter der Lampe an ihren Tischen saßen, aber mit einem seligen, selbstvergessenen Lächeln. Dieser Anblick war für uns Kinder herzzerreißend, und wir riefen ihn uns immer ins Gedächtnis zurück, wenn die abweisende Strenge, mit der sie uns oft behandelten, uns verletzte. Es war schwer zu deuten, woher dieser Ausdruck kam. Tagsüber sahen wir sie nie lächeln. Allein an der Befriedigung wegen der vielen erledigten Arbeit konnte es doch nicht liegen.

Vielleicht lag es daran, dass sie im Grunde am liebsten allein waren, um ungestört nachzudenken.

Eigentlich war es doch obszön, dass unser Vater uns immer nur seinen Gram und seine sorgenvolle Miene zeigte, seine Griesgrämigkeit, die er so oft an den Tag legte, wenn ihm etwas nicht passte, seine Kleinlichkeit, das stundenlange Schweigen, mit dem er unsere Mutter bestrafte. Er konnte offenbar nur so erlöst lächeln, wenn er seine Kräfte bis zur Erschöpfung ausgereizt hatte. Vielleicht hielt er das irdische Dasein für eine Art Zwangsarbeit, mit dem er seine Schuld kompensierte. Vielleicht liebte er die Stille der Nacht, wo man keine Stecknadel mehr fallen hörte.

Vielleicht war er aber auch nur angetrieben von einem mechanischen Durchhalteautomatismus, der ihn hatte überleben lassen und der nun, wo er bereits fünfzig war, allmählich in seinem Gehirn zu zerbröseln begann.

Wir fragten uns diese Dinge nicht konkret, denn wir waren zu jung, aber später, als wir erwachsen wurden, mussten wir oft daran denken, wie es damals gewesen war, was man uns alles an seelischer Sicherheit vorenthalten hatte, indem man uns niemals die Zuversicht predigte, sondern uns immer den Mangel vor Augen hielt und uns dazu erzog, nur das Allernötigste für uns zu beanspruchen. Indem man uns »kurzhielt«, wie es hieß, und sehr streng ahndete, wenn heimlich – und aus egoistischen Gründen – Vorräte entwendet wurden. Es war eine Zeit lang tatsächlich so, dass die Mutter die Kartoffeln im Keller einzeln abzählte. Es wurde genau vorausberechnet, was die Familie im Monat brauchte und verbrauchte. Oft saßen sie bis spät in die Nacht und teilten Tagesvorräte ein, genau so, wie die Beckers das taten, genau so, wie die Behrends das taten. Niemand hätte jemals den Nachbarn um eine Leihgabe gebeten, denn das war erniedrigend und gehörte sich nicht. Lieber ließ man uns am Ende des Monats hungern und »zählte die Erbsen auf dem Teller ab«, wie es hieß. Wir sollten uns daran gewöhnen, dass es andere Zeiten gab, die wieder am Horizont aufdämmern konnten, Zeiten der Not, wie es hieß, und dass das »Wohlstandswunder« uns nicht betraf, sondern dass man uns jederzeit im Regen stehen lassen würde, wenn wir nicht selbst für uns sorgten. Das »Wohlstandswunder«, wie sie es aus einem Lapsus heraus nannten, der bezeichnend dafür war, wie wenig sie mit dem Wirtschaftswunder anfangen konnten, war für sie nur eine Methode, um die Menschen einander zu entfremden. Der Kapitalismus war eine Täuschung, ein Betrug. Der Begriff der Volksgemeinschaft, in der sie aufgewachsen waren, war ihnen viel näher. Sie waren äußerst misstrauisch gegen jede Art von Individualismus. Für sie galt immer noch als Prämisse, dass Gemeinschaft alles und der Einzelne nichts war.

Das Misstrauen in die neuen Institutionen, in den neuen Staat, war tief verwurzelt, auch wenn man sich nach außen hin manchmal mitreißen ließ und einen ähnlichen Optimismus heuchelte, wie ihn die Wüstenrotvertreter, die überall durch die Lande zogen, an den Tag legten, nur um nicht aufzufallen. Aber das waren oberflächliche Leute, kleine Agenten des Kapitals, Lügner und Betrüger, auf die man sich besser nicht einlassen sollte.

Unsere Mutter ging bereits im Winter 1965 unter der Last der Einkäufe gebückt die hohe Steigung hinauf. Wir sahen ihre Haare an den Wurzeln weiß werden, und sie blickte sich oft, wenn sie nicht mehr konnte, hilflos am Fuß der Steigung nach allen Seiten um, als hätte sie vergessen, dass ihr hier niemand half. Sie war schlagartig erschreckend älter geworden, und niemand schien es zu bemerken außer uns, die wir neben ihr hergingen. Lange hatten wir uns auf die Qualitäten des Lasttiers verlassen, die sie besaß, und nicht weiter auf sie geachtet. Doch nun, wo sie die ersten Anzeichen eines stillen und harmlosen Wahnsinns verriet, wurden wir mit einer plötzlichen Heftigkeit wieder auf sie aufmerksam und ließen sie nicht aus den Augen. Sie war vergesslich geworden und führte fortwährend Selbstgespräche.

Eine scharfe Falte hatte sich an der Nasenwurzel in die Stirn unserer Mutter gegraben. Wir Kinder mussten ohnmächtig zusehen, wie schwierig der Überlebenskampf der Mutter sich in den kleinen, alltäglichen Dingen zeigte. Vor allem war es ein Anrennen gegen die Mutlosigkeit und Erschöpfung wie gegen eine Wand; ihr beständiges Kopfschütteln, wo sie ging und stand, weil sie irgendetwas vergessen hatte oder weil sie das Rätsel ihres Alleinseins nicht mehr lösen konnte, ihres schleichenden Vergessenwerdens, ihrer Angst. Schneeregen tauchte in diesen Monaten alles in eine graue Dunkelheit, und der Beton in den Häusern schwitzte aus seinen Poren wieder den süßlichen Geruch der Feuchtigkeit im Gemäuer, den wir als Kinder in den Bauruinen geatmet hatten, als das Wasser uns bis zum Hals stand. Waschzettel hingen an der Wand in der Küche. Oft stand sie davor und rätselte. Oder sie blieb nach den Einkäufen in der dunklen Küche auf einem Schemel sitzen, die schweren Tüten unausgepackt neben sich, und starrte dumpf vor sich hin. Sie vergaß uns völlig dabei. Ihr Grübeln, das sich in den leisen Selbstgesprächen manifestierte, kreiste meist um irgendwelche belanglosen Dinge, Unerledigtes, Liegengebliebenes, kreiste um ihre Vergesslichkeit und das Wörtchen »warum«. Oft waren es offenbar bohrende Fragen, die unsere Mutter nicht mehr losließen. Dieses »warum« wechselte ständig Bedeutung und Dimension. Und beunruhigte uns. Manchmal wischte sie mit einer flüchtigen Geste ihre Zweifel von ihrem Gesicht, als wollte sie etwas vertreiben, und stand dann auf, um in ihren Pflichten fortzufahren, die Einkäufe auszupacken, das Abendbrot vorzubereiten. Dann waren wir endlich beruhigt und konnten uns wieder unseren eigenen Dingen widmen.

Jetzt waren es die Gruben der unteren Grundstücke, die neu hinzugekommen waren, deren Fundamente von dem schwarzen Brackwasser starrten. Wir gingen um diese neuen Baustellen herum, drangen in sie ein, um den geheimnisvollen Geräuschen in den dunklen Ecken und unter dem Grundwasser am Fuß der Kellertreppen wie in einer Echokammer zu lauschen und uns dabei zu gruseln. Unsere Imagination war eine frühe, kindliche Droge, um unsere Einsamkeit zu vergessen. Wir hatten nichts, um uns abzulenken, keinen Fernseher, kein Radio, kein Telefon. Wir verwilderten hier draußen, weil sich keiner um uns kümmerte.

Das eigentliche Leben fing erst am Wochenende an, wenn die Zementmischmaschine der Beckers angeworfen wurde und alle sich um sie versammelten, in der Hoffnung, beim Mauern mitmachen zu dürfen, sich am Familienbetrieb zu beteiligen, der Einsamkeit des eigenen Haushalts zu entfliehen, an der wortlosen Kommunikation teilzunehmen, die zwischen den Männern herrschte. Sie zeigte uns, wie es »unter wahren Männern« zuging, nämlich wortkarg, ohne überflüssige Reden.

Mehr als »Gib mir mal die Kelle rüber!« war aus ihnen nicht herauszuholen – und dafür bewunderten wir sie sehr. Becker blieb eine ferne, verschlossene Gestalt, die sich nur um ihre eigenen Angelegenheiten kümmerte und uns fremden Kindern am Anfang wenig Beachtung schenkte. Ein Teil seiner übergroßen Schüchternheit färbte auch auf seinen Sohn Holger und seine Tochter Bettina ab.

Ich erinnere mich daran, dass ich diese Männerkörper oft beim Arbeiten studiert habe, die Unterschiede in der Breite der Schultern, die Behaarung auf der Brust, die eingefallenen Muskeln ihrer untrainierten weißen Altmännerarme, die rot vom Sonnenbrand waren, während der Rest des Körpers vollkommen käsig war.

Ich empfand ihre Körper als aufdringlich, ihr Schweißgeruch hatte etwas Sinnliches und stand in krassem Kontrast zu der geschlechtslosen Uniform, die sie gewöhnlich trugen.

Ich fühlte mich als Fremdkörper unter ihnen. Dieses Gefühl prägte sich im Laufe der Zeit immer stärker aus, was wahrscheinlich daran lag, dass sie mir und meinen Fragen keinerlei Beachtung schenkten. Auf die Idee, dass sie engstirnig waren und ich einfach nicht in ihr Schema passte, kam ich nicht. Als ich mich wenig später durch Behrends Einfluss für Literatur zu interessieren begann und auch ihr Interesse zu wecken versuchte, indem ich ihnen erzählte, was ich las, merkte ich zum ersten Mal, dass es sie überhaupt nicht interessierte. Egal, was man sagte, sie sprachen immer nur über materielle Dinge, über die Gesundheit und Ähnliches, und brachten einen schließlich mit ihrer Ignoranz zum Schweigen. Nicht, dass ich ihnen ihre Blindheit für die schönen Dinge übel nahm. Aber sie übertrug sich bald schon auf ihre Kinder. Bettina, der ich aus meinen Kinderbüchern vorlas, versuchte am Anfang auch, ihre Eindrücke aus unseren Gesprächen am Abend den Eltern mitzuteilen, stieß aber sofort auf Granit und resignierte, was ihr Mitteilungsbedürfnis anging, sehr bald. Das hatte natürlich Auswirkungen auf ihr späteres Leben, auf ihre Berufswahl, auf ihr Selbstbewusstsein und somit auf ihre Zukunftsaussichten und ihr Lebensglück.

* * *

Bettina und ich teilten unsere kindliche Erotik, die Gesamtheit unserer Eindrücke in der freien Natur und fanden eine eigene, zärtliche Sprache, die niemand anders verstand und die sich zum Teil ebenfalls aus den Wohllauten der Natur zusammensetzte, die wir manchmal imitierten, wenn wir nachmittags auf den Feldern waren, Grillengezirpe, Vogelgezwitscher. Wir gaben uns ständig wechselnde Spitznamen, Verniedlichungen oft, ich zog sie wegen ihres kleinen Sprachfehlers auf, den sie aufgrund ihrer Zahnspange hatte, und nannte sie eine Zeit lang Beididi, frei nach Bachstelze, weil sie diesen Namen nicht aussprechen konnte und stattdessen Beididi sagte. Ihr oft nur halb bekleideter, von einer dünnen Schweißschicht bedeckter, von Erde, Gras und Pfützenwasser verdreckter Körper war der erste menschliche Kontakt, der eine große Nähe auf mich abstrahlte. Da wir bald Tag und Nacht zusammen verbrachten und nebeneinanderher liefen oder saßen, die Hände um die angezogenen Knie gefaltet, und in die gleiche Richtung blickend unbestimmt träumten, kam es mir abends oft so vor, als säße sie immer noch dort, und dann erschrak ich über den leeren Stuhl neben mir. Ein merkwürdiges Gefühl von Wehmut machte sich in mir breit.

Ich stand auf und ging noch einmal zu ihrem Grundstück hinüber, mit Verlustängsten in mir. Ich stellte mich unterhalb ihres schon dunklen Schlafzimmerfensters und rief sie leise. Wenn sie es öffnete, war ich erlöst. Dann hielten wir noch mit gedämpften Stimmen Zwiesprache, damit uns ihre Eltern nicht hören konnten.

An den sonnigen Nachmittagen im hohen Gras kitzelte ich sie an ihren mageren Rippen. Sie wand sich unter mir, wir kämpften, bis uns unter den starken Sonnenstrahlen schwindelig und grün vor Augen wurde. Oder ich schnupperte an ihrem ganzen Körper entlang, an ihren vom Gras und der Erde befleckten Schenkeln, ihren dürren Knien, ihren feuchten Achselhöhlen, sog ihren kindlichen Schweißgeruch in mich ein, legte mich auf sie und begrub sie unter mir. Oft starrte sie mich unverwandt aus ihren dicken Brillengläsern an, die ihre Augen überproportional groß, dunkel und ernst erscheinen ließen. Ich vereinnahmte sie, und sie ließ es geschehen. Einsilbig sprachen wir miteinander, über vertraute Dinge. Schon sehr früh legte sie ihre Stirn in tiefe, grüblerische Falten, wenn sie nachdachte oder über irgendetwas nicht sprechen wollte. Es war schwer, an sie heranzukommen. Vielleicht empfand sie eine ähnliche Wehmut wie ich, die etwas mit der Endlichkeit unserer Beziehung zu tun hatte, die wir instinktiv spürten. Nur dass sich das bei ihr anders äußerte, in einer Art Trotz und in einer Weigerung, über tiefe, persönliche Dinge zu sprechen oder Bekenntnisse abzulegen. Die Unzertrennlichkeit, die ich ständig heraufbeschwor, schien ihr unangenehm.

Unser Verhältnis verlor bald an Absolutheit, weil sich die Behrendbrüder in mein Leben drängten und ich meiner jungen Männlichkeit Tribut zollen musste, indem ich mit ihnen auf Abenteuer ging, was klarerweise auf Exklusion von Mädchen im Allgemeinen hinauslief, Spiele mit selbst geschnitztem Pfeil und Bogen im Wald und ähnliche Dinge gewannen an Faszination. Bettina reklamierte zu meiner Erleichterung ihren Status nie, sondern zog sich in sich selbst zurück und wurde für einige Zeit unsichtbar.

Wie unscheinbar sie eigentlich wirklich war und wie viel ich in sie hineininterpretiert hatte, das wurde mir erst viel später, als ich nach langer Zeit wieder einmal auf die Hut zurückkam, mit einem Gefühl jähen Erschreckens und Mitleids bewusst, das mir die Tränen in die Augen trieb. Als ich sie hinter der gepanzerten Wand ihres Zahlhäuschens in der Forchheimer Stadtsparkasse nach einigen Momenten erst wiedererkannte, brachte ich es nicht übers Herz, sie anzusprechen.

Was ich dabei völlig vergessen hatte, war, dass die Beckerkinder, fest verankert in Familie, Herkunft und sozialer Klasse, schon sehr früh in ihren Gedanken anstrebten, das zu werden, was ihre Eltern ihnen empfohlen hatten oder was den Vorgaben der ländlichen Gesellschaft entsprach. So wollte Holger beim Anblick der Eisenbahnen früh Lokführer werden, später Baggerfahrer, während sie, Bettina, sich früh für das Geld interessierte, das Herr Becker mit Rühmann'schem Witz und Verschlagenheit am Ende der Woche aus der Lohntüte vorzählte. »Schillinge«, die er ihr bei solchen Gelegenheiten gab, gemeint waren die kleinen Kupfermünzen der Ein- und Zweipfennigstücke, riefen schon früh den Wunsch in ihr wach, einmal in der örtlichen Kreissparkasse zu arbeiten, was sie wohl auf ihre verstockte Art zugab, wenn man sie fragte, was sie einmal werden wollte. Selbst in der Pubertät fiel es ihr noch schwer, Worte wie Kreissparkasse oder Maracujasaft auszusprechen. Diese kamen nur unter einem nahezu unverständlichen Nuscheln hervor, das Silben und Vokale verschlang, vor allem, wenn sie dabei beobachtet wurde, was ihr die Schamesröte ins Gesicht trieb.

Wenn ich manchmal zum Abendbrot zu den Beckers kommen durfte, beäugte ich diese kuriosen, familiären Zusammenkünfte, die fast ausschließlich um materielle Dinge kreisten, oft mit einer distanzierten Neugier. Es war mir fremd, an all diese materiellen Dinge zu denken. Offenbar war es sehr wichtig, sich von dem gesparten Geld eine Waschmaschine zu kaufen, dann einen Fernseher und danach dies und das.

Aber andererseits war es mir sehr recht, dass Bettina eines Tages in der Kreissparkasse arbeiten würde, denn dann wüsste ich ja immer, wo sie war, und würde rechtzeitig da sein können, um sie abzuholen. Als mich Herr Becker einmal fragte, was ich eines Tages werden wolle, antwortete ich wie aus der Pistole geschossen: »Agraringenieur«, da ich wusste, dass ihm dieser reale Beruf den größten Respekt einflößte, auch wenn es sich dabei nur um eine Notlüge handelte, die ich hervorbrachte, um dazuzugehören. Auch lernte ich ziemlich schnell, den Dialekt, den die Beckers sprachen, nachzuahmen, um mich anzupassen und bloß nicht als Fremdkörper dazustehen.

Frau Becker war sehr resolut und erzog ihre Kinder mit einer großen Selbstverständlichkeit, die von Strenge, aber gleichzeitig von einer großen Angstfreiheit geprägt war. Nie hätte sie mit dem Gedanken gespielt, es sei uns irgendetwas passiert, wenn wir zu spät nach Hause kamen. Frau Becker war, ganz anders als ihr Mann, vollkommen nahbar. Mit ihr konnte man alles besprechen; in ihrer nüchternen Art dirigierte sie alle im Haus herum, ihre natürliche Autorität ließ nichts anderes zu, als ihr zu gehorchen. Alles das war sehr bodenständig und gab mir Sicherheit. Die Beckerfamilie war eine echte Familie. Die Karten wurden offen auf den Tisch gelegt, ganz anders, als es in meiner geheimnisumwitterten Umgebung der Fall war. Oft hatte ich das Gefühl, dass meine Eltern etwas vor mir verbargen. Manchmal, wenn ein Brief gekommen war, von dem ich nicht wissen sollte, sprachen sie, wenn ich in der Nähe war, leise miteinander über dessen Inhalt, damit ich nichts hören konnte.

Das war auch einer der Gründe, warum ich mich so gerne im Kreis der Familie Becker aufhielt. Da gab es solche Geheimnisse, die mich aus irgendeinem Grund beunruhigten, nicht. Die Beckers, die beide aus sehr einfachen Verhältnissen stammten und noch den schlesischen Dialekt sprachen, wollten die Kinder früh einbinden in die Gemeinde, zu gemeinnütziger Arbeit anhalten und erzogen sie zu einem rigiden Pragmatismus, der nicht davor zurückschreckte, ihre Phantasien, »etwas Besseres zu werden«, abzutöten. Das hatte Vor- und Nachteile. Jedenfalls mussten sich die Beckerkinder nicht mit irgendwelchen diffusen Ängsten herumplagen, sondern waren angehalten, nützliche Dinge zu tun. Wenn Bettina an manchen Vormittagen von mir abgezogen wurde, um ihrer Mutter beim Putzen in der Kirchengemeinde zu helfen, fühlte ich mich plötzlich so schlimm verlassen und einsam, dass dieser Zustand nicht nur von ihrer Abwesenheit hervorgerufen worden sein konnte. Er musste andere Ursachen haben, die ich zwar spürte, aber nie wirklich zu greifen bekam. Ich irrte allein umher und wusste nicht, was ich tun sollte, lief ins Dorf hinunter und wartete ungeduldig vor dem Gemeindehaus, bis sie endlich herauskam. Dabei verfolgte mich immer das unbestimmte Gefühl, dass unsere Lebenswege bereits vorgezeichnet waren und dass wir nichts dagegen tun konnten, wenn wir auseinandergerissen würden. Sie stand meinen Angstzuständen völlig hilflos gegenüber und war der Vehemenz, mit der ich sie vorbrachte, einfach nicht gewachsen. Ich zwang sie ständig, mir zu schwören, dass wir immer zusammenbleiben würden und nichts uns auseinanderreißen konnte, bis sie schließlich anfing zu weinen.

Jeden Morgen, wenn ich zu ihr kam, schloss ich die Augen, sobald ich vor ihr stand, und atmete tief bis auf den Grund meiner Lungen ein. Während ich den Atem anhielt, flüsterte ich, die Worte in mich hineinsaugend, damit nicht ein Gramm Luft entweichen und meine Zauberformel schwächen könnte: »Leben. Leben. Für immer.« Dabei starrte ich sie an. Manchmal lief ich Gefahr, die Worte zu verwechseln, weil mir ein böser Kobold in meinem Inneren das Gegenteil eingab, nämlich: »Tod! Tod!« Dann musste ich den Vorgang so lange wiederholen, bis dieses schreckliche Echo wieder verschwunden war. Wenn sie dann, Stunden später, aus der Kirche kam, nötigte ich sie, sich noch einmal der gleichen Prozedur zu unterziehen. Denn immerhin klaffte eine Lücke von mehreren Stunden, und die Anima war bereits verblasst. Ich musste sie nun in ihrer ganzen Vollkommenheit wiederherstellen.

Die Vorgeschichte der Väter

Sie alle kamen aus winzigen Einliegerwohnungen in Neubaublocks, die eigens für sie gebaut worden waren, für die Sudetendeutschen, die Zuwanderer aus Ostpreußen, aus Pommern und Schlesien, billig hochgezogen, hellhörig.

Sie wohnten dort nur übergangsweise mit ihren kleinen Familien, in der Hoffnung, irgendwann etwas Besseres zu finden. Sie arbeiteten viel, und man bekam sie als Kind kaum zu Gesicht. Als sich Anfang der Sechzigerjahre herumsprach, dass der Bauboom ausbrach und überall Siedlungen mit kleinen Einfamilienhäusern aus dem Boden gestampft wurden, war es für sie noch zu früh, einen Bausparvertrag von Wüstenrot abzuschließen, wie es die meisten Familien in den ländlichen Gebieten taten.

Unsere Väter hatten ein vielschichtiges, kompliziertes Gedächtnis. Sie hatten Probleme damit, sich mit der westdeutschen Wirklichkeit zu arrangieren, die so eindeutig, so zukunftsorientiert, geschäftig, platt, laut und ansteckend war; diese »Wirklichkeit« war nicht die ihre. Sie kam ihnen vor wie eine virale Wolke, die ein amerikanischer Geheimdienst sich ausgedacht und in dieses Land gepumpt hatte, das immer noch nicht das ihre war.

Ihr Land lag hinter einem etwa 25 Kilometer entfernten Grenzzaun aus Stacheldraht, bewacht von sowjetischen Panzern. Sie bekamen kaum noch etwas davon mit, was dahinter passierte, aber jedes Mal, wenn sie von etwas hörten, versetzte es ihnen einen Stich. Sie konnten sich nicht richtig lösen von ihrer Geschichte.

Abends standen sie auf ihren kleinen Balkonen und rauchten und blickten auf die entstehenden Industriegebiete am Außenrand kleiner Städte.

Sie rochen gut. Sie waren schweigsam. Sie dachten nach. Sie benutzten Hattrick oder Speick beim Rasieren, und dieser Geruch hing morgens noch lange im Flur und im Bad, ein Kindheitsgeruch, den man nicht vergaß.

In der Früh sahen wir ihnen dabei zu, wie sie bedächtig, wie in Trance und noch völlig benommen von den Träumen der Nacht, ihr Spiegelbild anstarrten, während sie mit Penaten-Creme die winzigen Schrammen am Hals betupften, die der Rasierer auf ihrer Haut hinterlassen hatte, um etwas Zeit für sich herauszuschinden und ihre weitschweifenden Gedanken nicht rüde unterbrechen zu müssen für die banalen Aktivitäten des Alltags, die bereits auf sie warteten. Sie hatten etwas vom Nimbus einsamer Helden. Sie hatten Probleme damit, sich dem Wirtschaftswunder anzubiedern. Es war ihnen zu laut in der Gesellschaft ihrer zukunftsgläubigen Chefs, die sich ihre Jovialität und Fröhlichkeit von Heinz Rühmann abgeschaut hatten. Sie hassten oder verachteten sie nicht, sie fühlten sich einfach nicht wohl unter ihnen und wollten sich von ihnen nicht vereinnahmen lassen. Was sollten sie mit einem Bausparvertrag?

Bloß weil alle ihn hatten? Die zukunftsgläubigen Versicherungsvertreter, die an ihrer Haustür klingelten, kamen ihnen vor wie billige Kopien ihrer Chefs. Sollten sie sich verschulden und abhängig machen? Lieber sparten sie sich das Geld von ihren Lohntüten ab, als es denen in den Rachen zu schmeißen. Unsere Väter waren Einzelgänger. Wenn man sie abends gelegentlich mit der Mutter nach der Arbeit abholte, dann fand man sie allein in düsteren Treppenhäusern oder kleinen Hinterzimmern in bereits leeren Gebäuden, wo sie putzten oder als Buchhalter arbeiteten oder sonst irgendwelche Dinge taten, die kein anderer machen wollte. Sie waren meist gebildet und belesen, waren Lehrer oder Ingenieure oder sogar Hochschullehrer gewesen. Nun lagen ihre Bücher seit Jahren unausgepackt in irgendwelchen Kisten. Bis sie sich vielleicht eines Tages doch dazu durchringen konnten, eines dieser kleinen Häuschen, wie es auf den Wüstenrotplakaten zu sehen war, von denen die Region zugepflastert war, zu kaufen. Dann würde man die einst geliebten Bücher und Schallplatten wieder auspacken, die jetzt irgendwo im Keller lagerten.

Unsere Väter rauchten Pall Mall oder Rothändle ohne Filter. Sie hatten große Hände. Sie trugen nach Feierabend im Sommer Feinrippunterhemden. Sie waren einsilbig und wirkten arrogant. Wenn sie an ihren Zigaretten zogen, knisterte die Asche vorne an der Spitze, die immer länger wurde, bis sie irgendwann abfiel, denn unsere Väter waren oft tief in Gedanken versunken, und vergaßen die Asche an ihren Zigaretten. Sie wirkten einsam da draußen auf den Balkonen an der Landstraße. Es kostete sie ungeheure Mühe, Entschlüsse zu fassen. Sie hatten, wie gesagt, akademische Berufe gehabt, die sie nicht mehr ausüben konnten. Die Ungerechtigkeit nagte an ihren Knochen, aber es waren auch Selbstzweifel und die Angst zu scheitern. Sie hatten manchmal ein schlechtes Gewissen gegenüber ihren Familien, weil sie wenig Materielles zu bieten hatten, wenig »heranschafften«, wie es hieß. Oft kamen sie mürrisch von der Arbeit zurück und hüllten sich in Schweigen. Und die ganze Armseligkeit des Mobiliars, der vier Wände, der Lebensverhältnisse trat deutlich hervor. Dennoch hielten die Frauen geduldig an ihnen fest, gaben vor, an sie zu glauben, behandelten sie sanft, wie große Söhne, denen sie Verständnis, aber keine wirkliche Leidenschaft mehr entgegenbringen konnten. Es waren schwer überschaubare Zeiten.

Unsere Väter neigten zum Alkohol, damals ein sanktioniertes Mittel, um zu vergessen, was sie erlebt hatten. Sie versuchten, in den allmählich alternden Gesichtern ihrer Frauen die Jugend von früher zu erblicken. An manchen Tagen gelang es.

Sie hörten Musik, die einen Nerv in ihnen traf, am liebsten Elvis. Sie inhalierten den amerikanischen Traum in dem kargen Zonenrandgebiet der späten Fünfzigerjahre und fuhren mit ihrem klapprigen Wagen an das Ufer kleiner Flüsse, um dort mit ihren Familien Picknick zu machen.

Sosehr sie es auch versuchten, sich vom deutschen Wirtschaftswunder fernzuhalten, es zwang sie schließlich mitzumachen, weil sie sonst an den Rand gedrängt worden wären.

Das, was sie in umständlichen Studien studiert hatten, alte Sprachen, Lehramt etc., half ihnen nicht, sich zurechtzufinden. Ihr Wissen war materiell nicht verwertbar.

Sie mussten sich als Taxifahrer verdingen, sofern sie überhaupt einen Führerschein hatten. Wegen des äußeren Anscheins von Arroganz und Verschlossenheit, hinter dem aber in Wirklichkeit nur Angst und Unsicherheit lagen, wurden sie von den resoluten Westdeutschen in Hinterzimmer verbannt und verdammt, Treppenhäuser zu putzen. Man ließ sie hart arbeiten. Sie waren keine echten, richtigen Deutschen.

Manche sonderten sich ab und lasen in der Mittagspause, bevor sie wieder mit dem Putzlappen in der Hand die Tische der Kantinen von Siemens oder AEG sauber wischten. In nächtlichen, leisen Gesprächen, während wir nebenan schliefen, erzählten sie von ihren Plänen, auszuwandern und noch einmal irgendwo anders, möglichst weit weg von hier, ein neues Leben anzufangen.

Aber diese Träume hielten nicht mal bis zum nächsten Morgen.

Sie wurden älter, und es schien, als gerieten sie in jene gefährliche Art von Selbstvergessenheit, aus der ihnen am Ende niemand mehr heraushelfen konnte. Sie spürten, sie waren vom Scheitern bedroht. Sie wollten sich nicht unter ihresgleichen zusammenrotten. Sie blieben lieber allein. Einzelkämpfer. Aber ihr männlicher Stolz war unabdingbar mit einem materiell oder ideell fassbaren Erfolg verbunden, das war der Widerspruch in ihnen.

Der Druck nach materiellem Erfolg, nach irgendeiner manifest gewordenen Sicherheit stieg in den wenigen Jahren, nachdem ihre Frauen kleine, sabbernde Geschöpfe zur Welt gebracht hatten. Manche gaben auf. Die Kräfte reichten oft einfach nicht mehr.

Manche wurden auf pedantische, leise, eigenartige Weise verrückt und verstrickten sich immer mehr in die Buchhaltung in ihren kleinen Büros, und es kostete sie die größte Überwindung, noch einmal zum Vorschein zu kommen, bevor ihre Zahlen sie endgültig unter sich begruben.

Sie waren dennoch gezwungen, ihre Miete zu zahlen. Die Deutschen mit ihrer schwer erträglichen, groben Körperlichkeit drängten sie an die Wand.

Unsere Väter waren geborene Melancholiker und nicht

bereit, ihre Träume aufzugeben. Wir Kinder haben sie fasziniert dabei studiert, wie sie über das Scheitern nachdachten und dabei an ihren Zigaretten sogen. Wir haben ihre Pupillen jäh in der Dunkelheit aufblitzen sehen und versucht, ihr verräterisches, tragisches Geheimnis zu lüften, ihre Verstrickungen in das Schicksal. Wir haben sie betrachtet wie Kunstwerke, unsere Väter, wir haben sie eingesogen mit der gleichen Bewunderung und dem gleichen Frösteln.

Sie waren unsere Prototypen. Die Erinnerung an sie hat dann die Dichter aus uns gemacht, die sie vielleicht selbst gerne geworden wären, indem wir sie einfach nur nachts auf den Balkonen angeschaut haben, wie sie reglos in die Dunkelheit starrten, uns den Rücken zukehrend.

Unsere Väter hingegen trugen blitzblanke Hemden, sie trugen Kämme in ihrer Westentasche, sie prüften vor jedem Spiegel den Sitz ihres Haars. Sie dachten zu einer Zeit über das Leben nach, in der andere überhaupt keine Zeit dazu hatten. Das empfanden wir als heldenhaft.

Unsere Väter hatten ein dunkles Geheimnis, das in ihren Augen schillerte. Sie tranken gerne schon am Nachmittag, wenn es still in den Wohnungen war und im ganzen Mietshaus eine absolute Leere gähnte. Dann schenkten sie sich ein funkelndes Glas Whiskey ein, das auf ihr Gehirn wirkte und es in einen Rohdiamanten verwandelte, der vor lauter Antagonismen erzitterte. Sie waren unnahbar, unsere Väter.

Dann bekamen die Männer von ihrem Chef einen jener Trevira-Anzüge in Beige oder Grau verpasst, die Einheitsuniform der Wirtschaftswunderzeit, zumindest für die kleinen und mittleren Angestellten. Und ihre einstmals so schönen Frauen versanken allmählich im Staub der

Hausarbeit, wo sich ihre einst so ambitionierten Frisuren in strähnige graue Haare verwandelten. Einmal im Monat führten sie sie noch aus, aber eher aus Pflichtgefühl. Sie gingen zu Tanzabenden auf der Kirmes, aber das war nicht mehr das Gleiche wie damals, als sie eng umschlungen in der dunklen Wohnung tanzten. Sie hatten das Gefühl, ihre Frauen im Stich zu lassen, weil sie sie nicht mehr so begehrten wie früher. Es war, als hätte eine böse Fee ihren Zauberstab über ihr Leben gehalten und alles zum Welken gebracht.

Sie waren ratlos über die Leere, die plötzlich gähnte. Trotzdem war eines immer klar: Man hatte zu viel zusammen durchgemacht, um sich zu trennen, und man war bereits zu alt. Nachts, wenn man schlaflos neben dem anderen an die Decke starrte und kaum etwas anderes als Mitleid und das Gefühl von Verantwortung für den anderen übrig geblieben war, sagte man sich, dass dies die wahre Liebe sei, die es auszuhalten gelte, während man über die Leidenschaft abfällig zu denken anfing wie über ein Gefühl zweiter Klasse. Um sich dagegen zur Wehr zu setzen, klammerten sich unsere Väter, entgegen ihrem Naturell, an das, was die Gesellschaft ihnen in unzähligen Beispielen vormachte und das so einfach zu kopieren war, nämlich an das westdeutsche Lebensmodell des Wirtschaftswunders, an das Bild des treu sorgenden, spießigen Familienvaters.

Die großen Erzählungen schienen der Vergangenheit anzugehören. Sie gerannen zur Anekdote. Dass manche unserer Väter nie ganz davon losgekommen waren, machte sich dann bemerkbar, wenn sie betrunken waren. Dann sah man den Stachel im Glanz ihrer Augen, und sie rächten sich mit einer höhnischen Arroganz und Destruktivität an denen, die sie kopiert hatten. Die guten Kollegen, neuen

Freunde und ihre Frauen erschraken umso mehr, als sie es plötzlich bei fortgeschrittenem Alkoholkonsum mit einem ganz anderen Menschen zu tun hatten, der unberechenbar und übergriffig ihren Frauen gegenüber wurde und Geschichten aus dem Krieg und von der Liebe erzählte, die beleidigend waren, weil absolut größenwahnsinnig und selbstverherrlichend, und die neuen Bekannten in die Schranken einer absoluten Durchschnittlichkeit verwiesen.

Oft endeten diese Abende in einem wüsten, einsamen Gelage und schließlich damit, dass sie verschwanden und erst nach Tagen wiederkamen.

Unseren Vater, den eigenbrötlerischsten aller Einzelgänger, kostete es ungeheure Mühe, den Führerschein zu machen, den zu machen er gezwungen war, als er zum Vertreter umsatteln musste. Er hasste den Fahrlehrer, der aus den Lamellen seiner schweißtriefenden, speckigen Cordhose nach Scheiße stank. Gleichzeitig zu lenken und in den Rückspiegel zu blicken, überforderte ihn restlos. Weil er kein räumliches Vorstellungsvermögen besaß und den Abstand eines Kastens mit Sand, der beim Rückwärtseinparken hinter ihm lag, vollkommen falsch einschätzte, fiel er durch die erste Prüfung, was für ihn eine Katastrophe war, die so demütigend und lächerlich war, dass er fast sein Ziel darüber aus den Augen verlor, den Berufswechsel nämlich. Seine Unfähigkeit, die Verkehrsregeln beim Fahren, die er theoretisch sofort beherrschte, umzusetzen, verstärkte noch seine ohnehin schon großen Zweifel seine Berufswahl betreffend. Handelsvertreter zu sein erforderte ein gewisses Maß an Extrovertiertheit, eine Sympathie für die Menschen, eine Offenheit: Er aber war das genaue Gegenteil.

Zudem war es eine Halbselbstständigkeit, keine feste Anstellung, wie er sie bisher gehabt hatte. Er bekam nur eine Beteiligung an dem, was er verkaufte, und ein winziges Grundgehalt, das eher symbolisch war, keinesfalls aber ausreichte, eine Familie zu ernähren. Es war durchaus anzunehmen, dass er für diesen Beruf völlig ungeeignet war.

Die Messestädte Nürnberg, Köln, Frankfurt kannte er allesamt nicht. Er war noch nie auf einer Messe gewesen, denn er hasste, wie er sagte, das Menschengewimmel. Und nun sollte er die Marke Märklin auf diesen Messen vertreten. Die Firma gab Kurse für Vertreter in der Spielzeugbranche. Dort stieß man auf das übliche Klischee: Männer in bunten Anzügen, die Zoten rissen, laut und selbstbewusst auftraten und in einem fetten Bariton schwadronierten und Zigarren rauchten. Er war wie vor den Kopf gestoßen, wenn er aus diesen Sitzungen kam. So sein wie die konnte er nie. Es gab endlose Diskussionen darüber, ob er den Führerschein weiterhin probieren sollte, nachdem er schon einmal durchgefallen war. Die Fahrstunden verschlangen unglaublich viel Geld. Was würde geschehen, wenn er die Prüfung wieder nicht schaffen sollte und das ganze Geld weg war. Die zweite Prüfung bestand er mit Ach und Krach. Er kaufte sein erstes Auto, einen gebrauchten grauen Opel Rekord mit einem Kühlerhaubengrill, der wie ein kleines Haifischmaul aussah, und kleinen, runden Scheinwerfern, die dem Wagen etwas Freundliches gaben. Es war kaum noch Geld übrig. Die Führerscheinprüfung hatte alles verschlungen. Die Mutter ging putzen und übernahm eine halbe Buchhalterstelle.

Als er den Wagen endlich hatte, klammerte er sich an ihn, als wäre er das Einzige, was er je erreichen würde, der Endpunkt seiner Karriere. Er putzte und polierte ihn unentwegt. Er ölte die Scharniere des Lenkrads, der Kupplung, er wurde ein wahrer Autospezialist.

Der Wagen sollte uralt werden und unser Leben für die nächsten fünfzehn Jahre begleiten. Mit diesem Auto kam das stolze Lächeln zurück auf sein Gesicht.

Der ungeheuer schwere Entschluss, zu dem er sich nach einem harten, einsamen Kampf durchgerungen hatten, nämlich den Führerschein zu machen und sich ein Auto zu kaufen, war ein Meilenstein auf dem Weg seiner Anpassung. Er lernte notgedrungen, mit einer aufgeblasenen Gesellschaft zu kommunizieren, die Bildung ablehnte. Er nahm in Kauf, sich zur Zielscheibe von Spott zu machen, weil er sich am Anfang zu umständlich, zu gebildet, zu akademisch und zu verschroben ausdrückte und obendrein noch einen sudetendeutschen Akzent hatte. Der Führerschein, den zu machen eigentlich nur ein letzter, verzweifelter Akt gewesen war, um dem Scheitern zu entkommen, die letzte Chance gewissermaßen, den Anschluss nicht vollends zu verpassen, half, einmal bestanden, alle zukünftigen Entscheidungen leichter zu machen. Die Skepsis, der Pessimismus, die Schmallippigkeit und die Verbitterung stellten sich erst wieder ein, als sich das kleine Haus, das sie mit so viel Optimismus geplant und bezahlt hatten, mit allen Kräften dagegen wehrte, fertig zu werden.

Die Freitagabende

Für gewöhnlich vergaßen wir die Existenz unserer Väter unter der Woche, da wir kein Lebenszeichen von ihnen bekamen. Es gab nirgendwo Telefon, wir waren völlig abgeschnitten von der Außenwelt hier oben in den Jahren 1964, 1965, als unsere Väter als Vertreter anfingen, erst in der Region, dann sogar weiter weg – manche kamen bis zu solch für uns mysteriösen Städten wie Frankfurt, Köln oder Düsseldorf, die viel zu weit weg waren, als dass wir Kinder uns ein Bild von ihnen hätten machen können. Am Montag, in aller Herrgottsfrühe, bekamen wir manchmal, bevor der Kies unter den Rädern knirschte, eine gewisse Unruhe mit, die mit dem Aufbruch zu tun hatte; es wurde leise und eindringlich geredet, es wurde manchmal leise geweint; aber bald gewöhnten unsere Mütter sich an die Tatsache, dass ihre Männer wieder fortmussten, spurlos verschwanden für den Rest der Woche.

Wenn zur Feierabendstunde gegen fünf, sechs Uhr dann die vereinzelten Wägen der wenigen Familienväter, die in der Gegend Arbeit gefunden hatten, die Schotterpiste hinauffuhren und vor den Garagen ihrer Häuser parkten, hielt unsere Mutter ebenfalls Ausschau, stramm wie ein

Soldat; obwohl sie wusste, dass wir leer ausgehen würden, guckte sie nach unserem Wagen, besonders im Sommer, wenn die Sonne den Lehm trocken gebrannt hatte und die Luft am Nachmittag vor Hitze flimmerte; als wartete sie auf eine Erscheinung, als könnte das Auto doch plötzlich auftauchen im Geflimmer der Luft, aber das tat es nie.

Wie er ankam und ausstieg, hat sich in uns eingebrannt: das weiße Hemd, die weißen Zähne, das Lächeln, die Melancholie, die er nie abgelegt hatte, weshalb sie, die Mutter, ihn heimlich immer noch liebte. Bevor er kam, übermannte sie Unruhe, die sie stundenlang auf Trab hielt, weshalb wir uns vom Haus fernhielten in diesen Stunden zwischen fünf und acht, wo sie ihn ungeduldig erwartete. Es roch immer gut, wenn er den Wagenschlag öffnete, nach Tabakrauch und dem süßen Duft seines Parfums, auch wenn er über Stunden gefahren war. Und selbst wenn er lächelte, war eine große Nachdenklichkeit in seinen Augen. Wir merkten, dass er Zeit brauchte, bis wir Kontur für ihn annahmen; in der Unschärfe seiner Gedanken waren immer noch Bilder enthalten, denen er nachhing, das sahen wir deutlich, und das machte die Mutter eifersüchtig.

Er sah sehr gut aus in diesen blitzenden Momenten seines Auftauchens, sehr geheimnisvoll, voll von Abenteuern. Wenn er ankam und uns noch fremd war, besaß er eine unheimlich starke Aura, die sich indessen im Verlauf des Wochenendes mit der Gewöhnung allmählich verlor. Da saß das Geheimnis seiner Männlichkeit, das der Stachel der Unruhe unserer Mutter war.

Auch das Licht war wie ein Filmlicht, schimmernd und glitzernd holte es das Weiß seines Hemds, den Glanz auf dem Lack seines Wagens heraus, den nächtlichen Glanz in seinen Augen, als wäre der Moment inszeniert. Trotz und Verlangen überlagerten diese für die Mutter demütigende Situation, denn sein glanzvoller Auftritt schien unser alltägliches Leben in den Schatten zu stellen, wir wirkten grau außerhalb dieses Scheinwerferlichts. Er schien von all diesen Projektionen nichts mitzubekommen. Wahrscheinlich war er müde und freute sich auf zu Hause. Nun musste er erst einmal die geheimen Sehnsüchte bedienen, die Camouflage aus Zickigkeit und Spitzen, mit denen unsere Mutter ihm begegnete, die Aggression, die sie im entgegenbrachte, überwinden; er musste das richtige Mittel finden, ihre Nerven zu beruhigen, den Abend in die richtigen Bahnen zu lenken. Manchmal roch es angebrannt aus der Küche. Sie hatte das Essen vergessen, während sie in ihr Spiegelbild versank, während sie sich die Nylonstrümpfe über ihre weichen Knie zog, ihren Mascara auftrug, sich den Lidschatten zog und ihr langes Haar im Halbdunkel des Schlafzimmers hochsteckte, damit er besonders deutlich als Erstes ihre hohe, schmale, schimmernde Stirn sehen konnte. Sie wollte ebenso gut aussehen wie er, der stolze König der Nacht mit seinen schimmernden Zähnen und seinen weichen, melancholischen Zügen. Wut und Begehren mischten sich hier auf die unberechenbarste Art. Am Auto ließ sie sich erst gar nicht in den Arm nehmen. Sie hasste diese begütigende Geste, mit der er im Vorfeld den Frieden sichern wollte.

Sie verwies ihn auf uns Kinder und ging oft eiligen Schrittes ins Haus zurück.

»Ich muss in die Küche!«, rief sie hastig. Er wusste genau, was gespielt wurde. Er brachte kleine Geschenke in schönen Verpackungen mit, die wir vor seinen Augen auspacken mussten, ein Matchbox-Feuerwehrauto, das ebenso glänzte wie er, und ähnliche Dinge. War es der

Glanz, den wir nicht vergessen konnten? Die anderen Männer wirkten grau und alltäglich gegen ihn. Wenn sie mit ihren Aktentaschen aus ihren Autos stiegen und ins Haus gingen, wartete niemand auf sie, als wären sie nur ein selbstverständlicher Bestandteil des Lebens, ein Blumenkohl oder ein alter Hut oder ein verfaultes Stück Gemüse, eine Gelbwurst oder ein Stück Salami. Mit unserem Vater konnte man das nicht machen. Er brachte immer, auch wenn er wenig verdient hatte, etwas von seinen Reisen mit, das seinen Glanz manifestierte, eine teure Haarspange, ein paar hohe Schuhe aus einem Kaufhaus aus Frankfurt, ein Affront! – als hätte sie sich die nicht selbst kaufen können! (trotzdem zog sie sie beim nächsten Mal an). Er glänzte auch durch geistige Abwesenheit. »Wo bist du in deinen Gedanken?«, hieß es dann immer vorwurfsvoll. Sie wartete darauf, dass sie endlich wieder die Oberhand bekam. Das geschah meist dann, wenn sie auf die Fakten zu sprechen kam.

Aber es gab auch noch einen anderen Aspekt, der Unruhe erzeugte an diesen Freitagabenden. Er kam zum Vorschein, wenn unser Vater sich nicht unter den Heimkehrern befand, die zwischen fünf und sieben Uhr ankamen. Das war die Angst, sie könnte ihn verlieren. Dann, ab sieben, setzte auch deshalb die Zeit des bangen Wartens und des unruhigen Auf-und-ab-Gehens in den dunkler werdenden Räumen ein, die sich über Stunden, manchmal bis tief in den Abend hineinziehen konnte oder schlimmstenfalls bis in die Nacht. Dann kam die Angst hoch, dass ihm etwas Schlimmes passiert sein könnte oder dass er sich im Hotelzimmer erhängt hatte.

Es kam auch vor, dass er keinen Abschluss gemacht hatte. Das sagte er dann zwar einsilbig und leise, aber die Worte fielen umso deutlicher in den Raum. Es wurde still, und eine Existenzangst ergriff uns. Er bekam nicht die regelmäßige Wochenzahlung der Lohntüten, wie manche Nachbarn, die immer etwas vorzeigen konnten, die, wie Herr Becker, immer stolz der Familie ihre »Schillinge« vorzählten. Es konnte immer eine lange Pechsträhne kommen. Seine Angst vor dem Scheitern steckte uns dann alle an, seine Depression, in die er verfiel und die er nicht kaschieren konnte. Dann bekam das Haus wieder den Charakter einer Baustelle, dann dachten wir wieder an die feuchten Flecken im Keller, die sich im Herbst bilden würden, und die Stelle am Dach, für deren Reparatur wir dann kein Geld haben würden. Dann sahen wir im kalten Licht des Bauscheinwerfers die noch unfertig gemauerten Wände der Garage, der das Dach fehlte, und dachten daran, dass die Beckers schon viel weiter waren als wir. Dann stahl er sich manchmal fort und redete den ganzen Abend über kein Wort mehr, sondern brütete auf seiner Liege in dem unbenutzten, winzigen Zimmer vor sich hin, starrte an die Decke, hörte leise Johann Sebastian Bach und wartete vergeblich auf unsere Mutter, die ihm den Trost verweigerte und in ihrer Verbitterung starr am gedeckten Tisch sitzen blieb.

Manchmal hatte seine Ankunft auch etwas Schräges, Bizarres, wie in einem Film. Er stieg schwankend aus, die Mutter schickte uns mit einer barschen Handbewegung hinunter in den Garten, wo wir warten sollten, bis sich die Dinge geklärt hatten. Wir verharrten dann in einem Alarmzustand, denn die Verhandlungen konnten sich endlos hinziehen. Die Mutter konnte laut werden, irgendwann kam sie dann heruntergerannt, schickte uns ins Bett, Autotüren schlugen, der Motor heulte auf.

In anderen Nächten, in denen er betrunken ankam, ließen wir ihn wie einen Strafgefangenen an uns vorbeitorkeln ins Innere des Hauses. Und die Mutter auch. Vielleicht, dachte sie, wäre es besser gewesen, er hätte niemals einen Gedanken daran verschwendet, eine Karriere als Handelsvertreter zu machen. Bei seiner Labilität wäre es besser gewesen, er wäre für immer Lohnbuchhalter geblieben. Denn was für Dinge spukten nicht noch immer in seinem Kopf herum, wo er sich längst, wie die anderen auch, hätte daran gewöhnen müssen, dass das Leben ihn bereits auf seine wahre Größe zurechtgestutzt hatte. Dann drang Elvis Presley aus dem Bad, sie rannte hinein, die Musik brach ab; er versuchte sie zu zwingen, mit ihm zu tanzen. Sie ohrfeigte ihn, sie schrie: »Du hast Kinder!« Aber das geschah nur sehr selten, meist ging es glimpflich ab.

Ein anderes Mal, bevor der Wagen in die Einfahrt einbog, setzte sie ein Lächeln auf, mit dem sie sich gegen schlechte Nachrichten wappnete und das bereits Spuren von Resignation trug. Immer wieder kam die Angst in uns hoch, dass die Raten aus irgendeinem Grunde nicht bezahlt werden konnten und wir infolgedessen das Haus verlassen mussten und in Not und Armut gestürzt würden, dass er seinen Job, seine Zulassung verloren hatte oder ihn ein Zerwürfnis oder eine Ungerechtigkeit an den Rand der Verzweiflung trieb.

Dann verwandelte sich das Lächeln unserer Mutter in Notwehr, und ihr Körper panzerte sich gegen das Unglück. Dann standen wir starr, mit gesenkten Köpfen, wie Zinnsoldaten, an der Tür, wo dumpf und modrig riechend das graue, abgewetzte Scheuertuch lag, an dem wir unsere Füße abputzten, und ließen ihn an uns vorbeigehen.

Dieses Scheuertuch, auf das wir starrten, um den Blickkontakt mit ihm zu vermeiden, mit den schmutzigen

Schuhen daneben, mit der dicken Lehmschicht unter den Sohlen, das alles erinnerte uns schlagartig an unsere Verlassenheit und Isolation, erinnerte uns daran, dass wir wie Tiere ohnmächtig herumgestreift waren zwischen den Baugruben, ohne Einfluss auf irgendetwas nehmen zu können, und dass wir, um unsere Trostlosigkeit zu überwinden, oft endlos den großen Reifenspuren der Trecker gefolgt waren, die sich tief in den Lehm gegraben hatten. Unsere Tierexistenz, unsere Sprachlosigkeit, unsere schlagartige Angst vor der Realität war plötzlich wieder da, wenn er ankam und etwas nicht stimmte.

Wir wussten nichts von ihm. Wir kannten die großen Städte, die er als glitzernde Metropolen bezeichnete, obwohl es sich nur um Nürnberg, Fürth oder Erlangen handelte, nicht. Wir wussten nichts über seine Abenteuer und seine geheimnisvollen Treffen mit den Prokuristen der großen Kaufhäuser, in deren Händen sein Schicksal lag, oder von seinen Erlebnissen auf der Landstraße. Nichts wussten wir von den billigen Unterkünften, in denen er wohnte, oder was er nachts trieb auf den Straßen von Nürnberg, Erlangen oder Fürth.

Unsere Mutter fühlte sich zurückgesetzt von ihm und ließ es ihn spüren. Sie neidete ihm den Glanz. Sie, die Unscheinbare, die so lange auf ihn gewartet hatte, kam sich vernachlässigt vor, und die Geschenke von ihm gaben ihr einen Stich ins Herz, weil sie sie als unangemessen empfand. Warum sollte sie in dem grauen Alltag, den sie führte, eine goldene Haarspange tragen? Beim Putzen etwa? Es kam ihr lächerlich und anmaßend von ihm vor. (Sie trug sie trotzdem, wenn er das nächste Mal kam!)

Wenn er erzählte, glaubte sie ihm nichts. Sie hinterfragte alles kritisch und übellaunig und verdarb ihm bewusst die gute Laune. Sie glaubte nicht, dass es an dem guten Geschäftsabschluss lag, von dem er stolz erzählte. Es musste da noch etwas anderes geben.

Außerdem missfiel ihr der unbegründete Optimismus, den er nach guten Abschlüssen zur Schau stellte, den sie für Selbstüberschätzung hielt. Ihr Unmut darüber, so lange allein gelassen worden zu sein, verließ sie erst dann, wenn sie ihre Nägel tief in das Fleisch unseres Vaters graben konnte, in lang ersehnten, hitzigen Umarmungen. Darauf lief meist alles hinaus.

Erst wenn sie ihm die Freude des Wiedersehens verdorben hatte, ging es ihr wieder besser, und sie wurde übermütig. Sie machte ihm Vorwürfe wegen fehlenden Geldes und verglich uns mit den anderen Familien, wo der Vater jeden Abend nach Hause kam.

Stets dramatisierte sie unsere Lage, waren wir kurz vor dem Verhungern, hatte sie die letzten Reste des Essens zusammengekratzt, hatte er zu wenig Geld dagelassen.

Sie trieb ihr Spiel so lange, bis er ernst wurde und schwieg. Und wir mit ihm, bis es nicht mehr auszuhalten war, das Klappern der Gabeln auf dem Geschirr beim stummen Abendbrot.

Dann erst lenkte sie langsam ein, fing an, von sich zu erzählen und von uns Kindern und davon, dass vielleicht doch nicht alles so schlimm gewesen war, wie sie es am Anfang dargestellt hatte. Dann lachte sie, und wir sahen ihre schönen, zierlichen Hände auf dem Tisch, wie sich ihre Finger ineinander verschlangen und sie unentwegt mit ihren Händen spielte; dann warf sie ihm verstohlene Blicke zu, wenn er schuldbewusst dasaß, die Hände über der Brust verschränkt, trotzig, und ihr Blick bekam etwas Samtiges und Blankes, das zum Leben erweckt werden wollte.

Dann erzählte sie Anekdoten, und er hörte zu, und wir

merkten, wie sie noch immer einen Nerv bei ihm traf mit ihrer naiven Unbekümmertheit, die plötzlich rücksichtslos aus ihr herausbrach, wie sie ihn um den Finger zu wickeln begann, langsam und allmählich, bis sie am Ende triumphierte.

Wir besaßen mehr Fairness. Wir ließen ihn nicht allein vor der Tür stehen, wenn die Mutter ihn vor den Kopf stieß, sondern warteten, bis er die Arme ausbreitete, ließen uns von ihm umarmen und liefen hinter ihm hinein. Wir folgen ihm von nun an auf Schritt und Tritt, begierig, ihm bei seinen Ritualen zuzusehen, wie er sich das kalte Wasser aus dem laufenden Hahn unter die Achseln und in den Nacken klatschte und leise dabei stöhnte, wie er seine Wässerchen öffnete und der Duft ungeahnter Wohlgerüche sich langsam in dem kleinen, spärlich beleuchteten Badezimmer ausbreitete, wie er anfing, das immer gleiche Lied zu summen, das uns bis in den Schlaf hinein verfolgte und manchmal, wenn wir daran dachten, so traurig stimmte, weil es so wahr war, ohne dass er sich dessen bewusst wurde: »Muss I denn, muss I denn zum Städtele hinaus, und du, mein Schatz, bleibst hier!«

Zu den Gerüchen des Hattrick-Rasierwassers kam der Tropfen Pomade von Schwarzkopf, den er von jeher benutzte, der seinem bereits schütteren Haar Glanz verlieh, all das von uns mit Spannung erwartet. Seine Freizeitkleidung lag gefaltet und frisch gewaschen für ihn bereit, weiß stach das frische Feinrippunterhemd auf dem Badewannenrand heraus, das ihr so gut an ihm gefiel, wenn er im Sommer mit bloßen Armen dasaß. Das alles deuteten wir, um uns zu beruhigen, als ein Zeichen dafür, dass sie ihm wohlgesinnt war, denn unsere Nerven lagen jedes Mal blank.

Unser gesamtes Lebensgefühl, Glück oder Unglück,

hing davon ab, wie es am Freitagabend lief. Die Mutter übte bereits eine starke Dominanz aus. Sie war es, die den Mangel verwalten musste, der unser Leben bestimmte, die sorgfältig dosierten Notrationen an Zuversicht, Liebe, Strenge; sie war es, die uns im Auge behielt, die diese Einsamkeit hier oben ertrug, vor allem an den Abenden, wo es galt, Strümpfe zu stopfen, Pullover und Mützen für den Winter zu stricken, obwohl es noch Spätsommer war, und sich diesen vollkommen absurden, trostlosen, monotonen Arbeiten hinzugeben.

Wir folgten dem Vater auf Schritt und Tritt, auch aus Angst, dass die Mutter, wenn wir nicht direkt in seiner Nähe waren, ihn anschreien könnte. Wir fürchteten uns vor dem entsetzlichen Schweigen, das danach eintreten würde und das zur Folge hätte, dass jeder vereinzelt irgendwo säße und wir das Abendbrot, auf das wir uns so lange gefreut hatten, nicht gemeinsam einnehmen würden.

Vor all diesen Dingen hatten wir eine panische Angst, denn es war schon einmal in der alten Wohnung geschehen, dass der Vater über Wochen nicht zurückgekommen war.

Wenn sie sich anschrien, dann liefen wir davon, bis wir ihre Stimmen nicht mehr hörten. Wir wussten, wie lange es dauerte, bis der Vater sich von den schweren, oft ungerechten Anwürfen und Beleidigungen erholen würde, in welchen sie ihn einen Versager nannte, der leere Versprechungen mache. (Es ging um Dinge wie die Waschmaschine, die er längst versprochen hatte, die aber nie kam – und ähnliche Lappalien, mit denen sie ihn quälte.)

Sorgfältig war der Feierabend vorbereitet worden. Der Tisch auf der Veranda war festlich gedeckt. Das alte Porzellangeschirr von Hutschenreuther war herausgeholt worden, die silbernen Serviettenringe poliert, und stundenlang waren der Heringssalat mit Meerrettich und die böhmischen Knödel gefüllt mit Mandarinenkompott vorbereitet worden. Das lange, schwarze und dichte Haar unserer Mutter, das fast bis zu ihren Hüften hinunterreichte, war zu einem großen Knoten hochgesteckt, das hellblaue Sommerkleid mit den Tupfen angezogen worden. Parfum war aufgelegt worden und zog in Schwaden durch das Haus und vereinigte sich nun mit dem Hattrick des Vaters.

Ein letzter, flüchtiger Blick, und er verließ das Bad. Wir Kinder, die wir auf dem Badewannenrand gekauert hatten, liefen ihm hinterher, doch er wollte einen Augenblick mit der Mutter allein sein. Argwöhnisch verfolgten wir ihn, wie er durch den schmalen Flur ins Wohnzimmer und von dort auf die Veranda hinausging.

Da stand sie bereits, an die Brüstung gelehnt, mit dem Rücken zu ihm, wie eine Statue.

Er näherte sich ihr leise von hinten und umschlang sie mit seinen Armen. Jetzt war der mit höchster Spannung erwartete Moment gekommen. Würde sie ihn von sich stoßen und versuchen, sich zu befreien? Die beiden verharrten einen ewig langen Augenblick. Der Vater schien sie gewaltsam zu umschließen, um jeden Widerstand zu erdrücken, um ihre Wut im Keim zu ersticken und sie mit der Gewissheit zu durchströmen, dass er der Richtige war. Es schien alles gut zu gehen. Wir änderten unseren Kurs, weil wir abergläubisch genug waren zu glauben, dass unser Bleiben ihre Harmonie stören könnte, und so strichen wir unruhig durch die Zimmer, ungeduldig darauf wartend, dass sie endlich fertig waren.

Wie gebannt saßen wir am Abendbrottisch und hofften, dass Gespräche in Gang kämen und diese einen ruhigen, harmonischen Verlauf nähmen. Der Inhalt der Gespräche interessierte uns überhaupt nicht, sondern ausschließlich die Wechselwirkung der Worte des einen auf den anderen; wir beobachteten nur die Gesichter, lebhaft oder starr, angespannt oder ruhig, laut oder leise, ernst oder humorvoll. Wenn der Vater aus dem Büro oder über Geschäftsabschlüsse erzählte, tauchten immer wieder Namen offenbar wichtiger Personen auf, und wir fragten nach, und man erläuterte sie uns bereitwillig. Meist war es die Mutter, die dem Vater diese Verpflichtung aus der Hand nahm, indem sie uns erklärte, dass es ein Geschäftspartner war, sehr wichtig für den Vater, oder ein Vorgesetzter, ebenfalls sehr wichtig. Und dann wurden diese Leute, bestehend aus Anonymität und Nacht, zu schicksalhaften Figuren für uns, mit denen wir aufs engste verknüpft waren. Wir sahen unseren Vater plötzlich wie einen kleinen Glücksritter, wie einen Hasardeur, der von den Launen des Schicksals und der Mächtigen hin und her geworfen wurde. Er wirkte auf einmal klein und zerbrechlich auf uns, und er tat uns leid; wie wohl auch der Mutter, das sahen wir an der Art, wie sie ihn anschaute, nachdenklich. Wir entdeckten die Falten auf ihrer Stirn, Falten des Zweifels, vielleicht sogar der Verachtung, zwischen ihren leicht zusammengezogenen Brauen. Dieser Blick war streng und weich zugleich. Sie dachte wohl, wenn er, mit einer gewissen, kurz aufflammenden Begeisterung, von Plänen den Beruf und die Zukunft betreffend sprach – von Selbstständigkeit war immer wieder die Rede –, ob er sich nicht überschätzte und mit einer solchen Entscheidung die Familie in den Ruin treiben könnte. Eng genug waren die Verhältnisse schon jetzt. Und er, der Vater, las diesen Blick, und seine Begeisterung erlahmte sofort. So viel Macht hatte die Einschätzungsgabe der Mutter. Wir verfolgten Woche für Woche dieses dramatische Freitagabendspiel, nie wissend, wie es ausgehen würde. Das Licht, das auf die Veranda fiel, kam aus dem Wohnzimmer, aus einer Nische; es fiel seitlich und indirekt auf die dunklen Gesichter und hob vereinzelte Eigenschaften und Gemütsregungen besonders heraus. Man sah das schmale Lächeln des Verlierers und den bitteren Zug um den Mund des Vaters; man sah die Härte der Mutter, die von dem großflächigen, weichen Gesicht konterkariert wurde. Jahre der Entbehrung hatten es geprägt; ihre Augen lagen tief in den Höhlen, man sah nur Schwärze und ein wenig Glanz. In ihrem Gesicht war noch Anmut, in dem weich geformten Kinn, in den Wangen, aber auf ihrer Stirn lag bereits eine stählerne Härte; beide Seiten kämpften um die Vorherrschaft in diesem Gesicht.

Sie wusste alles über ihn, über uns; das Schicksal, das sich abzeichnete, zeichnete sich auf ihrem Gesicht ab, das von Minute zu Minute Schwankungen ausgesetzt schien. Das Schicksal grub sich tief in ihre Züge ein, in den Abend, schrieb sich in die Dunkelheit fort.

Das Licht sammelte sich schicksalhaft auf dem Weiß der Teller, dem Weiß der Servietten. Das Schicksal ergoss sich über unsere Hände, goss die Worte und Gesten in Blei. Das Schicksal. Unsere Gedanken schweiften von den Gesprächen der Erwachsenen ab, unser Blick fiel auf einzelne, belanglose Dinge, eine Zuckerdose, einen Serviettenring, einen Aschenbecher, wir vergruben sie tief in unser Gedächtnis; irgendwann kehrten wir wieder zurück. Eine lange Reise unternahmen all diese Dinge und nächtlichen Gesten, von denen nur eine unerklärbare Essenz übrig blieb. Dann kehrte die Banalität der Sprache wieder zurück, die sinnbildhaften, rätselhaften Eindrücke unserer Kindheit lösten sich auf.

Im Verlaufe mancher Abende begann er seine Anekdoten zum Besten zu geben. Je mehr er trank, desto besser gelang es ihm, mit Witz und Furore der Leere der Mutter, die sich in ihrem Gehirn angesammelt hatte, zu begegnen, sie die trostlosen, ereignislosen Tage vergessen zu lassen, die der Preis waren, den sie zahlen musste, und die sie oft in eine Selbstgespräche führende Wahnsinnige verwandelten, wenn es draußen regnete und sie in ihre kleine Küche verbannt war. Sie ließ sich immer mehr auf seine Seite ziehen und lächelte, müde, wie sie war, über seine Jeremiaden, seine phantastischen, idiotischen Erzählungen vom Erfolg oder von seinen Plänen, eines schönen Tages mit uns nach Papua-Neuguinea auszuwandern, um dort, wie ein gewisser Herr Kurtz aus dem Roman *Herz der Finsternis*, eine Handelsvertretung für Kokosnüsse aufzumachen.

Der blaue Teppich

Ich kann mich erinnern, dass es wegen des blauen Teppichs war, vor dessen Verunreinigung meine Mutter eine solche Angst hatte, dass dieses kleine Haus nie den Besuch von Fremden empfing. Oft spielte ich allein auf dem blauen Teppich.

Er fing bisweilen an zu fliegen und trug mich und meine Gedanken weit fort in die Sphäre der Träume, hinauf zu Peterchen, der auf dem Mond darauf wartete, von mir besucht zu werden, oder zu dem Teich, wo die Biene Maja lebte, über dessen verwunschenem Grund große, purpurschimmernde Seerosenblätter lagen, an deren langstieligen Blüten bläuliche Libellen mit durchsichtigen, geäderten Flügeln und einem riesigen roten Rüssel saugten.

Dieser hellblaue Teppich war der lichteste Teil meiner Kindheit; immer wenn ich dort spielte, müde von meinen Exkursionen, hatte die Sonne den perfekten Stand erreicht, um durch das große Fenster zur Veranda ihren Glanz zu verströmen und alles in ein Lichtermeer zu verwandeln. Alles blitzte und funkelte, das Silber auf der Kredenz, die geschliffenen Scheiben des großen Schranks, die polierten Oberflächen der schwarzen Möbel. Die

Launenhaftigkeit der Natur kam zum Ausdruck, die aus finsterer, düsterer Stimmung, aus dichten Wolkenbänken heraus plötzlich zu strahlen begann und alles in ihr helles Licht tauchte. Diese Stimmungsschwankungen, die so großartig und bedeutungsvoll waren, sog ich begierig in mich ein, und so machte mir das Alleinsein über weite Teile nichts aus.

Um diese Zeit, gegen vier, fünf Uhr am Nachmittag, wurden die Bauarbeiten peu à peu eingestellt; wenn man genau hinhorchte, konnte man verfolgen, wie auf jeder einzelnen Baustelle die Geräte ausgeschaltet wurden, und bekam so ein Gefühl für die Weite des ganzen Terrains – bis schließlich eine vollkommene Stille herrschte, nur unterbrochen vom lauten Quaken der Frösche, dem gleichmäßigen, friedlichen Brummen vereinzelt herauffahrender Autos, dem vollendeten Chor der Grillen, deren Klangteppich immer wieder kurz aussetzte, bevor er neu begann.

Meist hielt ich die Augen geschlossen, wie ein Blinder, um mir genau zu vergegenwärtigen, woher all die geliebten Klänge kamen, den Standort der kleinen Musikanten zu orten und mir die dichten, hohen und in der Nachmittagssonne leuchtenden Grashalme vorzustellen, in denen sie sich verbargen.

In den Intervallen, in denen die Grillen erschrocken ihren Gesang aussetzten, herrschte dann eine ungeheure Stille, die mir unendlich vorkam und mit einer Regung von Staunen und Freude verbunden war, sodass ich mich, im Lichte dieser Stille, noch einmal umsah, um zu begreifen, was Existenz war. Aus diesem Impuls heraus wollte ich etwas festhalten, das schattenhaft in mir war. Es war der erste Versuch zu gestalten. Aber das Gefühl war so flüchtig und verschwand so schnell wieder, dass ich keine Gelegenheit fand, ihm wirklich Ausdruck zu verleihen. Dennoch trug ich den Eindruck einen Moment mit mir herum, trat ans Fenster, blickte hinaus in den hohen blauen Sommerhimmel und dachte über die Existenz nach. Aus was setzte sich dieses plötzliche Glücksgefühl zusammen? Wie konnte man sich seine Unschuld bewahren? Weshalb war alles plötzlich so schön? Was hob diesen Augenblick so intensiv heraus aus den vielen anderen, die einfach so an einem vorbeiglitten? Mit großen Augen stand ich vor dem Wunder der Existenz der Dinge und meiner selbst. Ich spürte ängstlich jedem meiner Schritte vor, damit kein Geräusch diese schöpferische Ruhe störte. Sah mich nochmals um und inhalierte den sanften Glanz des langsam abnehmenden Lichts auf den Dingen, den ich später bei den berühmten Stillleben der flämischen Meister genau so wiederfinden würde. Manchmal herrschte diese vollkommene, absolute Ruhe, manchmal hatte ich das Gefühl von Unruhe, das Gefühl, die Vielzahl der Dinge würde sich orchestrieren, zusammenbrauen. Sie hielten Geschichten, Erzählungen und Worte bereit in ihrem stummen Gesang, waren ein Streichorchester, das seine Instrumente stimmte. Viel zu schnell waren diese Momente vorbei.

Irgendwann drangen dann die banalen Geräusche wieder zu mir vor, die einen im Träumen und Nachdenken störten, meist von der Mutter, ein aggressives Mit-dem-Kochlöffel-gegen-den-Topfrand-Schlagen, all die verhassten Aktivitäten, die einen mit einem Schlag in die Gegenwart zurückholten – und die Liebesgeschichte mit den Dingen und der Existenz auf dem blauen Teppich wurde brutal beendet.

Ode an einen Lehrer

Wir waren in kurzer Zeit zu Tiermenschen geworden, liefen barfuß umher, verwilderten, wurden im Rudel geschoren wie Schafe. Wenn die Haare zu »zigeunerhaft« geworden waren, wurden wir strafexpediert ins Dorf, und unsere Rotte kauerte dann unter dem hellen Neon, das keinerlei Schatten zuließ, in dem kleinen, kahlen, weißen, nach Terpentin und Birkenwasser riechenden Raum des Herrenfriseurs Falk, der uns einen nach dem anderen blitzartig und rücksichtslos mit dem Rasierer über den Kopf fuhr und scherte. In einzigartig routinierten und harten Bewegungen packte er die Köpfe, riss sie herum, zog den Rasierer vom Nacken her hoch über den ganzen Schädel bis vor zur Stirn, tat dies einige Male, bis wir komplett kahl waren.

Dann trieb er uns hinaus in den nasskalten Vorhof der Kirche.

Das war unsere einzige Berührung mit der Zivilisation. Dann wuchs unser Haar wieder lang und überwucherte uns mit seiner Wildheit. Dass viele von uns irgendwann einmal durch das System aufgefressen würden, ahnten wir nicht. Wir waren voll einer heiligen, begierigen Freude, die uns umtrieb und uns nicht ruhen ließ, aber dass sich diese Freude eines Tages einmal in eine stumpfsinnige Gier und Kompensation eines leeren und völlig in die Irre geleiteten Lebens korrumpieren könnte, davon hatten wir nicht die geringste Ahnung. Im Jahre 1964, als wir fünf Jahre alt waren, waren wir alle gleich. Es gab graduelle Unterschiede im Durchhaltevermögen und in der Aufnahmefähigkeit, aber diese drangen nicht als benutzbarer Vorteil bis in unser Bewusstsein vor. Wir hatten es eher von unseren Eltern gelernt, auf die anderen zu achten und ihnen gegebenenfalls, falls sie schwächer waren als wir, sogar den Vortritt zu lassen oder sie in einer Notsituation mitzuschleppen und nicht im Stich zu lassen.

Erst als wir 1966 in die Dorfschule eingewiesen werden sollten und die meisten von uns sich freiwillig und ahnungslos wie Schlachtvieh dieser Gehirnwäsche unterziehen sollten, spürten wir, dass die Gesellschaft, die uns immer als so chancengleich angepriesen wurde, ihre Opfer fordern würde.

Andere, wenige aber, die bereits durch Herrn Behrend in der Kunst des Denkens geschult worden waren, hegten ein tiefes Misstrauen gegen diese Schule und ihr Personal und verweigerten sich dieser vom ersten Tag an.

Dies war die Sollbruchstelle unserer Kindheit. Hier in der Schule sollten wir Kinder für ein eigenständiges Denken untauglich gemacht werden. Das war vom Staat so geplant. Die Kinder in den Randgebieten sollten nur die einfache Grundausstattung bekommen. Es wurde ihnen suggeriert, dass die Mittelschule das Höchste war, das sie erreichen konnten – und sie glaubten dies. Sie waren dankbar, hernach, trotz schlechter Leistungen, die Berufsschule machen zu dürfen und in schlecht bezahlte, schlecht angesehene Berufe zu gehen wie Krankenschwester, Altenpfleger, Klinkenputzer oder Buchhalter. Es wurde ihnen von Anfang an beigebracht, dass sie froh und dankbar zu sein hatten, überhaupt Bildung vom Staat zu bekommen und dafür nichts bezahlen zu müssen. Von der ersten Stunde an schon dröhnte die Stimme der alten Lehrerin uns mit den Worten entgegen: »Froh! Dankbar! Froh! Dankbar!«, die uns verängstigen und einschüchtern sollten. Diese grobschlächtige und brutale Figur war das erste große Hindernis, das der Staat gegen die Psyche der völlig verschreckten und überrumpelten Kinder aufrichtete und damit bereits von der ersten Minute an jeden Widerstand in ihnen zum Verstummen zu bringen versuchte.

Wir, die Behrendschüler, erkannten dies sofort und lehnten uns auf. Gleich am ersten Tag kam es zu hässlichen Szenen, zu Schlägen, zu Brüllerei und wüsten Drohungen. Wir glitten von unseren Bänken wie Schatten und verschwanden sofort, um uns dort nie wieder freiwillig blicken zu lassen. Die anderen aber, die sanfteren Seelen, wie die Kinder der Beckers, fügten sich in dieses Strafsystem ein. Wir sahen von Weitem zu, wie sie morgens in die verhasste Schule trotteten, und ahnten nichts Gutes.

Später würden sie Billigfleisch konsumieren, um ihre Ängste zu betäuben, und sich von Pestiziden verseuchte, billige Kleider von Billigketten kaufen, die sich überall wie ein Krebsgeschwür an den Landstraßen der Randgebiete breitgemacht hatten. Sie würden auf Reihenhäuser Bausparverträge abschließen und all das tun, was schon ihre Eltern getan hatten, nur viel schlechter. Sie würden gierig werden, wo die Eltern mit dem wenigen zufrieden gewesen waren. Sie würden dick und unglücklich werden. Sie würden den Betrug nicht merken, sondern das Scheitern immer wieder auf sich schieben. Ihre verletzte Seele würde ganz tief im Innern eines Labyrinths von Fett und chronischen Krankheiten gefangen sein. Sie würden kein Mitleid mit anderen haben.

Wenn sie krank würden, in prekäre Verhältnisse abrutschten, würden sie nicht verstehen, was passiert war. Die Eltern waren es, die rätselten, hilflos, wie sie waren, und die Symptome mit den Ursachen verwechselten. Sie würden nie dem Staat die Schuld geben, denn der Staat war nicht da, er war unsichtbar. Erst viel später, als längst alles zu spät war, mit der Übernahme hiesiger Betriebe durch ausländische Konzerne zu Beginn der Nullerjahre würde er, der Staat, sein wahres Gesicht durch die Fernseher durchschimmern lassen, wenn man Massenentlassungen auf dem Bildschirm sah und Leute, wie sie in billigen bunten Kleidern in kleinen, ohnmächtigen Versammlungen vor den Betriebstoren demonstrierten, hinter denen sie vierzig Jahre lang gearbeitet hatten.

Die Sollbruchstelle war im Jahre 1966 gelegen, als die Schule uns Kinder hier oben in zwei Gruppen auseinandergerissen hatte, von denen die eine, wir, in den Hungerstreik traten, mit einem Fanatismus, der Selbstgeißelung und Selbstverletzung einschloss, womit wir unsere Freiheit in einem einzigen Akt der Totalverweigerung verteidigten, während die anderen sich abführen ließen und sich in das Schicksal, das für sie vorgesehen war, fügten. Die einen, wir, hatten, wie gesagt, einen Lehrer wie Behrend gehabt, ein Steinerschüler, der das Primat einer Bildung durch Herzensbildung an höchste Stelle setzte und dessen freiwilliger Unterricht im Campus seines Gemüsegartens immer ein großes Vergnügen – und vollkommen freiwillig – gewesen war. Behrends waghalsiger, experimenteller Unterricht ging ganz von der Suggestivkraft seiner Person aus. Hochgewachsen und dürr, wie er war, mit einem begeisterten Ausdruck, der ans Fanatische grenzte, verfügte er über eine phantastische Stimme und eine schauspielerische Ausdrucksstärke, die an den großen Kainz erinnerte. Er konnte von der äußersten Feinheit bis zum größten Grobianismus alles mit größtem Spaß aufführen. Er lebte von Übertreibungen, er spielte mit uns, seinem jungen Publikum, unter dem sich auch seine beiden Söhne Rainer und Michael befanden. Aber darüber hinaus stellte er auch sämtliche klassischen Lehrmethoden auf den Kopf. So fing er an, uns Inhalte vorzulesen, die zu verstehen wir außerstande sein mussten, die wir aber trotzdem mit einer unheimlichen Spannung verfolgten; oft las er uns, die wir im Gras vor der Veranda zu seinen Füßen hockten, am Abend die Lektüre, die er selber lesen wollte, laut vor und ließ uns so an seiner Odyssee durch die Welt der Sätze teilhaben. Oft las er Gedichte vor, die ihn emotional so mitrissen, dass seine Stimme brüchig wurde und er gegen die Tränen ankämpfen musste, oft lief er dabei in seiner Erregung auf und ab.

Als er merkte, dass wir auf diese Texte ähnlich reagierten wie er, dass wir, wie er, die Magie der Sprache begriffen, ohne ihren Inhalt genau zu verstehen, wurde er noch höher getragen, und sein Vortrag wurde zu einem Gesang. Er legte sich da keine Schranken von Scham auf, auch wenn seine Frau manchmal kopfschüttelnd am Fenster erschien. Er hatte auch Methoden des Wiederholens entwickelt, indem er uns in verschiedene, winzige Gruppen aufteilte und jeder Gruppe einen Vers gab, mit dem wir uns gegenseitig, in der Art des Kanons, antworten mussten. In exakten Frage-und-Antwort-Spielen, die oft Stunden dauerten und mit glasklaren, gestochen scharfen Stimmen wiederholt wurden, gelang es uns, ein Grundwissen in der Poetik zu festigen, das wir sonst niemals irgendwo auf einer öffentlichen Schule erworben hätten.

Diese Übungen wurden im Anschluss durch rhythmische Streck- und Dehnübungen ergänzt, die sogenannte Pause, bei denen Behrend als Vorturner diente. Durch das ständige Wiederholen von Textstellen, die dadurch in ihre alchemistischen Bestandteile zerlegt wurden, hatten wir bald den Eindruck, die großen Gedichte von Wordsworth, Keats, Blake oder Coleridge schon immer gehört zu haben, als wären sie ein Bestandteil unseres Wesens. Manchmal unterlegte er die Lesungen mit klassischer Musik, die er aus dem Wohnzimmer abspielte. Es waren die großen Symphonien von Mahler und Beethoven, die Requien von Bach und Mozart, und manchmal, in »fröhlich beschwingter Manier«, wie er es auszudrücken pflegte, auch Händel und Vivaldi.

Wir bewegten uns damals tatsächlich am Rande der Hysterie und der Rücksichtslosigkeit und waren auf unserem Hügel so laut, dass uns wahrscheinlich die gesamte Siedlung hörte – oder alle Familien auf den Veranden im Sommer dazu verurteilt waren, Zuhörer im dunklen Zuschauerraum der weitflächigen Landschaft zu sein. Oft erklärte Behrend uns den Werdegang der Dichter nicht, sondern erst ihren abstrakten, kunstgeschichtlichen Zusammenhang, um unser Denken noch weiter herauszufordern und unsere Neugier nach Trivialem erst hinterher damit zu belohnen, dass er uns das aufregende Ende eines Dichters in jungen Jahren, den Selbstmord, den Tod durch Ertrinken oder andere abenteuerliche, tragische und dramatische Dinge aus deren Leben berichtete. Es war eine Gehirnwäsche, die er an uns vollzog, von der heutigen Zeit aus betrachtet, skurril und von außen betrachtet vielleicht sogar lächerlich, aber absolut wirksam.

Er hatte ein genaues Gespür dafür, wie weit er uns ausreizen konnte. Er kannte die Kapazität jedes einzelnen

Kopfes und worin seine Vorzüge lagen. Er bediente den Freiheitswillen unserer Körper. Manchmal liefen wir ihm, der sein Buch aufgeschlagen in Händen hielt, hinterher, von einem Ende des Gemüsegartens zum anderen, und deklamierten laut mit oder versuchten es zumindest. Manchmal legten wir dabei einander die Hände auf den Rücken und gingen in Form einer Polonaise.

Wenn um sieben Uhr am Abend sein Gong auf der Terrasse für uns wie eine Freiheitsglocke schlug und wir aus unseren Häusern losrannten, um uns zu seinen Füßen auf dem Gras niederzulassen, predigte er nur so lange, wie wir es an dem jeweiligen Tag aushielten. Er war es oft, der als Erster aufsprang, in die Hände klatschte und über die Gemeindewiese davonrannte, damit wir ihm folgten.

Wir waren hier oben außerhalb der Gesellschaft aufgewachsen und entfernten uns immer mehr von ihr. Das hatte unseren Argwohn, unsere Weigerung zu kommunizieren, mit Sprache umzugehen, geschürt. Unsere Scheu war mit unserem Argwohn gewachsen. Behrend brach dies auf.

Er zwang uns, wenn wir konnten, zu geistigen Marathonläufen, er zwang uns, in jeder Hinsicht durchzuhalten. An guten Tagen verbrachten wir Stunden mit Rhetorikübungen.

An schlechten, wenn wir keine Konzentration hatten, beobachteten wir die Gestirne am Nachthimmel. Behrend erklärte sie uns und brachte uns ihre Namen bei.

Auf den Photos, die zeigen, wie wir um Behrend im Kreis sitzen, sehen wir mit unseren kahl geschorenen Köpfen aus wie Mönche. Behrend trägt lange, weite und graue Hemden aus einem groben Leinen und eine runde Nickelbrille. Er erinnert ein wenig an Hermann Hesse. Auf seiner verspiegelten Brille liegt immer die Reflexion eines Blitzes, sodass man seine Augen nicht sehen kann.

Behrend ist auf diesen Photos eine ganz und gar entrückte Gestalt mit einem knochigen, schmalen, länglichen Schädel, der etwas Wölfisches hat. Er sitzt weit nach vorn gebeugt im Schneidersitz auf dem Boden und gestikuliert. Mal hat er die Arme hochgerissen, mal beschwört er uns mit ausgestreckten Armen und verkrampften Händen, wie ein Dirigent, der ein Orchester im Zaum hält, und grinst zähnefletschend.

Es gab dieses Bild von uns, wie wir zur Grube liefen. Behrend hat es gemacht. Es war derart ausgebleicht, dass es so aussah, als würden durchsichtige Silhouetten auf einer glatten weißen Fläche vor einem großen schwarzen Loch stehen.

Das war die Grube, wo Behrend uns das erste Mal beobachtete, weil er seine Söhne gesucht hatte, die er zum Essen holen wollte. Sie lag am Rande der Siedlung und war in dem Frühjahr, als es nicht aufhören wollte zu regnen, von einer der Familien aufgegeben worden. Das Photo hatte etwas Unheimliches, Brütendes, wie in einer Alptraumsequenz von Bergmann. Man konnte unsere aufgeblähten, mageren Brustkörbe sehen. Unter der Haut zeichneten sich die Rippen wie auf einem Röntgenbild ab. Wir standen dicht nebeneinander und starrten in das Schwarze hinunter, was sich am äußersten Rand des Lochs abzeichnete. Hinten waren die kleinen Häuser auf ihren Baugrundstücken zu sehen, die unfertigen Garagen, der unbepflanzte braune Grund mit den Furchen der Baufahrzeuge. Überall Spuren. Eine kollektive Sprachlosigkeit hatte sich unserer damals bemächtigt. Den Starrsinn sah man auf den ausgebleichten Gesichtern, den finster zusammengezogenen Brauen, den Mangel an geistiger und gesellschaftlicher Beweglichkeit, den wir in dieser Zeit herausgebildet hatten. Behrend brach ihn auf.

Zusammenhalt

Es muss an einem Nachmittag im Jahr 1964 gewesen sein, als wir das erste Mal in die Grube hinabstiegen. Oft hatten wir den Bauarbeitern bei ihrer Arbeit da unten im Lehm zugesehen, hatten das Schmatzen gehört, mit dem sich die Lehmschollen aus der Erde unter dem Grundwasser lösten, wenn die Spaten der Arbeiter sie ausstachen, hatten dem Klatschen gelauscht, mit dem sie oben am Rand der Grube aufschlugen, und voller Faszination dabei zugesehen, wie sich langsam, Tag für Tag, eine immer mächtigere Erhebung bildete. Wenn der Berg schließlich auf ein paar Meter Höhe angewachsen war, kamen die Bagger angefahren, stießen mit ihren riesigen Schaufeln hinein und trugen ihn wieder ab, luden ihn auf die Ladefläche der Lastwägen, die ihn dann abtransportierten. Uns, die wir oft schon in der Früh, im Grau der aus dem Boden aufsteigenden Nebelschwaden, fröstelnd auf einer Böschung hockend warteten, um weiter die Bauarbeiten zu verfolgen, kam dieser Vorgang wie eine Demontage vor. Gerade erst hatte der Berg begonnen zu wachsen und Gestalt anzunehmen, als schon wieder die Bagger mit ihren Schaufeln kamen, um das Werk zu zerstören.

Eines Tages stiegen oder sprangen wir also die mehrere Meter tiefen Lehmwände hinunter in das dunkle Brackwasser jener verlassenen Grube und versanken hüfttief darin. Wir begannen nun selbst, allerdings mit bloßen Händen, den Schlamm und die Lehmbrocken hochzuwerfen. Wir taten dies, bis die Dämmerung begann, mit einer vollkommenen Selbstvergessenheit und merkten gar nicht, dass es bereits Abend wurde. Die vollkommene Monotonie dieser Arbeit, bei der man nicht darüber nachdenken musste, was man tat, brachte uns in ein tiefes Nachdenken hinein, in eine Art traumwandlerischen Zustand, der mit nichts, was wir bisher erlebt hatten, zu vergleichen war und in dem die Zeit von selbst verging. Wenn wir abends heimkehrten, fiel es uns schwer, uns zu trennen. Unsere Gruppe war mit jeder Stunde dieser schweigsamen Arbeit, die wir gemeinsam durchhielten, ohne dass einer von uns das geringste Anzeichen von Eskapismus oder Müdigkeit an den Tag legte, immer tiefer zusammengeschweißt worden. Wir waren von Stolz und einer tiefen Befriedigung erfüllt – und kehrten gleich am nächsten Morgen wieder zu der Grube zurück, um unser Werk fortzusetzen.

Wir arbeiteten von nun an Tag um Tag, den ganzen Sommer lang, in der Grube. Wir taten dies aus für uns unersichtlichen Gründen. Wir wollten ein Geheimnis aufspüren, von dem wir nicht wussten, ob es innerhalb von uns oder außerhalb lag oder ob diese Dualität im Grunde eins war. Wir waren sehr diszipliniert. Wir sammelten uns ziemlich früh am Morgen, um gemeinsam zur Grube zu gehen, und begannen dann, vollkommen nüchtern, unsere Arbeit in dem abgeklärten Bewusstsein, dass das, was wir taten, nichts anderes als harte, entbehrungsreiche Arbeit war. Nach und nach begünstigt durch die zunehmende Hitze des Tages, kamen wir dem Rauschzustand, den wir eigentlich insgeheim suchten, immer näher. An manchen heißen Tagen, wenn die Sonne wie ein eherner Bronzering über uns stand, wurden wir förmlich geschmolzen, und unsere geblendeten Augen und Sinne nahmen nur noch Bruchstücke wahr, gleißendes Licht und Schatten, in dem die Elemente zu bersten schienen und die gesamte Realität Spalten und tiefe Risse bekam und auseinanderzubrechen drohte. Unsere Reihe, in der wir so klar in der Kälte gestanden und nebeneinander die Lehmbrocken hoch an den Rand der Grube geworfen hatten, löste sich im Glast der Mittagshitze auf, und die Unwirklichkeit, die Kernschmelze setzte ein. Das Frösteln, das pelzige Gefühl unserer vollkommen ausgedorrten Kehlen, der Kopfschmerz im Vorfeld eines drohenden Hitzschlags, der Nacken, der langsam verbrannte, all dies trug dazu bei, dass die Situation irreal wurde. Wieder hörten wir im Rauschen des Bluts in unseren Ohren den gewaltigen Rhythmus des zweiten Satzes der Eroica. Dieser Zustand, bevor sich alles um uns herum aufzulösen begann und unser zähes Einzelwesen mit den Elementen verschmolz, war ähnlich rauschhaft und erhaben wie die Schlittenfahrten im letzten Winter, als wir unermüdlich in den Tiefschnee hinabgeglitten waren, und erinnerte uns an sie. Ab jetzt übernahm die Phantasmagorie die Oberherrschaft über unsere Sinne. Unsere Hände konnten sich in die behaarten Klauen unserer Vorfahren verwandeln, und wir wussten nicht mehr, was wir da aus der Erde holten in unserem Anfall von Zerstörungswut. Wir rissen mit letzter Kraft große Brocken von Lehm aus ihrer Verankerung und schleuderten sie mit aller Kraft in den Himmel. Diese Schaffenswut führte zu einer völligen Verausgabung und Erschöpfung und holte manchen von uns aus dem Sattel. Uns wurde schwarz vor Augen, uns wurde weich in den Knien, uns wurde übel, und wir kippten um und lagen im Schlamm. Wir fielen in einen tiefen Schlaf der Erschöpfung, von dem wir nicht wussten, wie lange er gedauert hatte, als wir wieder erwachten. Meist war die Sonne dann schon ein großes Stück weitergewandert, und die Grube lag bereits im Schatten. Wir blinzelten mit unseren Augen und brauchten einen Moment, bis wir erkannten, wo wir waren. Manchmal sah es aus, als lägen wir in einem Leichenfeld, weil alle schliefen. Meist tranken wir Grundwasser, weil unsere Kehlen so ausgedörrt waren.

Wenn wir später über dieses Phänomen in unseren schriftlichen Aufzeichnungen nachdachten, so kam uns vor allem die Willenskraft in den Sinn, mit der wir uns der Realität entgegenstellten, um sie mit unseren Schädeln zu sprengen, um zum Zustand reiner Abstraktion zu gelangen. Wir hatten insgeheim Angst, dass unsere Anstrengung, die Gruppe durch Arbeit zusammenzuschweißen, umsonst war und dass die Realität uns doch eines Tages einholen würde. Es war die Verzweiflung darüber, dass die Zeit viel mächtiger war als wir und immer imstande, uns auseinanderzureißen. Das war die Erkenntnis, die wir verdrängten, weil wir sie in unseren jungen, treuen, uns einander ergebenen Köpfen einfach nicht aushielten. Gegen Nachmittag, nachdem wir getrunken hatten, nahmen wir die Arbeit wieder auf. Und wir hörten erst auf, als die Frösche in ihren Laichgründen laut zu quaken anfingen und die ganze Gegend mit ihrem riesigen Brunftlärm überzogen. Dann schoben wir unsere Hände in den feuchten Lehm der Seitenwände und kletterten auf diese Art aus der Grube hinaus.

Die Sonne, die bereits tief über den Wäldern stand, tauchte nun die gesamte Landschaft in ein unwirkliches, paradiesisches Licht. Wir betrachteten unser Tagwerk und warfen einen verstohlenen und ehrfürchtigen Blick auf unseren Berg aus Lehm, der täglich mehr und mehr wuchs.

Wir gingen heim, verschlossen, tief in uns versunken. Wir bildeten immer noch eine Kette, bis wir endlich die Gabelung des Wegs erreichten.

In keiner Weise war uns damals bewusst, dass wir etwas entdeckt hatten, das die Grundlage für unser ganzes, späteres Leben bilden sollte, zumindest für einige wenige von uns: Wir waren tief in das Wesen der Konzentration eingedrungen, bis zu dem Punkt, wo sich Arbeit und Rausch, die beiden entgegengesetzten Pole, vereinen zu einem Rauschzustand durch Arbeit. Das war die Essenz von allem, eine antizyklische Bewegung, die immer tiefer in den Kern der Konzentration eindrang und ihn schließlich im Kopf zum Explodieren brachte. Indem wir stundenlang mit äußerster Konzentration an Vorgängen festhielten, die an Monotonie nicht zu überbieten waren, gerieten wir allmählich in jene tiefe Selbstvergessenheit und Trance, die nötig war, um Zeit und Raum zu vergessen. Es war die Lehrstunde dessen, was später unsere Beharrlichkeit, unseren tiefen Ernst und die Demut schwerer Denkarbeit gegenüber gewährleisten würde. Aus dieser Übung sind später Mathematiker und Schriftsteller hervorgegangen, Marathonläufer und solche, die Schwerstarbeit im künstlerischen Sinne, beim Film und Theater, auf sich genommen haben. Es war die zähe Weigerung aufzugeben, die uns vorantrieb bis an den Rand des Zusammenbruchs.

Die Zähesten von uns, die das Grundwasser tranken, weigerten sich am Abend, in die Gesellschaft zurückzukehren; es waren die Einzelkämpfer, die bisweilen länger blieben, wenn die anderen schon heimgegangen waren, um eine weitere Grenze zu durchbrechen. Selbst wenn die Erwachsenen sie zum Abendessen riefen, blieben sie im Zustand ihres stoischen Größenwahns und ihrer völligen Egomanie mit zusammengebissenen Zähnen unten in der Grube, weil einzig sie bestimmten, wann der Zeitpunkt gekommen war, den Biss in die Materie zu lockern, und nicht die Gesellschaft und nicht die anderen, die gar nicht mehr vorhanden waren.

Niemals würden wir uns nach dieser harten Schule damit begnügen aufzugeben, nur weil der Körper oder der Geist nicht mehr wollte. Wie oft haben wir uns später, um uns am Einschlafen zu hindern, bei Doktorarbeiten oder am Ende von 24-stündigen Dreharbeiten gegenseitig mit der flachen Hand immer wieder ins Gesicht geschlagen!

Das alles entstand aus einem Mangel heraus, weil es hier oben nichts anderes gab.

Weil es keine Worte, keine Gespräche, keine Möglichkeiten gab, sich anders auszudrücken, nur den nassen Lehm, den wir die steile Grubenwand hinaufschleuderten, in der Hoffnung, dass dieser Lehm da oben eines Tages einen großen Berg bilden würde, ein Gedächtnismal unserer Rücksichtslosigkeit gegen uns selbst, ein Mahnmal gegen die anderen, das nicht unterhalten, sondern bedrohen und die Gesellschaft im Kern erschüttern sollte.

Der warme Schlamm am Abend, der kühle Schlamm am Morgen. Wir schaufelten und schaufelten. Um das Sinnliche mit dem Abstrakten zu vermengen.

Wir arbeiteten nicht an dem Lehm, den Brocken, dem Grundwasser, sondern wir arbeiteten heimlich an unserem Gedächtnis, unserer Einbildungskraft, unserer Phantasie. Was wie ein stumpfsinniges, ständiges Wiederholen aussah, diente in Wirklichkeit dazu, uns weit weg von jeder alltäglichen Realität zu bewegen.

Wir taten diese unermüdliche Arbeit auch, damit wir nicht in eine andere Form von Wahnsinn oder Raserei gerieten, die viel gefährlicher war. Wir taten sie, um Anfälle von sinnlosem Vandalismus zu ersticken, um unsere Kräfte am Tage zu vergeuden, um nicht nachts heimlich die Fundamente der Häuser auszuschlachten, Querbalken aus frisch gemauerten Wänden zu reißen, Häuser zum Einsturz zu bringen, während ihre Bewohner darin schliefen, oder über die Bauern, denen wir in den Wäldern begegneten, zu viert, zu fünft mit Knüppeln herzufallen, um sie zu töten. Wir taten dies, um durch ein Bollwerk der Arbeit dem Bösen in uns etwas entgegenzusetzen, der destruktiven Kraft, die dem sinnlosen Dasein entsprungen war. An diesen siedend heißen Nachmittagen schmiedeten wir Geduld, Disziplin, Ausdauer.

Den ganzen Tag lag das metallische Dröhnen der Sonne in der Luft. Nun war die Nacht hereingebrochen und glitzerte auf dem schwarzen Wasser. Spätestens dann brachen wir auf.

Während des Heimwegs, der in tiefem Schweigen stattfand, kämpfte jeder gegen das Gefühl einer inneren Leere an, gegen Zweifel und Verdacht, dass sich unser Konstrukt nicht für immer aufrechterhalten ließe. Auch kämpfte ein jeder für sich dagegen an, dass es etwas Animalisches in ihm gab, eine Bestie, die bereit war, jederzeit auszubrechen.

In diesen Momenten der Einsicht wurde die Humanität, die Behrend uns später beibringen würde und die wir hier nur dunkel fühlten, zum höchsten Gut, und wir legten das heilige Gelübde ab, nie dagegen zu verstoßen. Wir bewegten uns auf sehr dünnem Eis. Wir gingen Schulter an Schulter, dicht aneinandergedrängt, über die Steppe heim. Der tiefe Wunsch, gerecht zu sein, war in uns. Wir spürten Liebe, Zuneigung, Trost. Meist bemächtigte sich unser, nachdem wir uns getrennt hatten und auf den kleinen Trampelpfaden auf unsere Häuser zugingen, wieder das Gefühl von Untrost, weil wir nicht wussten, ob unsere Freundschaft mit dieser Ausschließlichkeit gegen den Druck der Zeit standhalten würde oder ob wir gewappnet sein würden gegen Versuchungen und Schicksalsschläge, die uns auseinanderreißen konnten. Wir hatten Schwüre geleistet, uns nie zu verlieren. Immer an der Weggabelung legten wir unsere Hände aufeinander und türmten sie zu einer Pyramide, um die Kraft unserer kleinen Gemeinschaft zu spüren.

Unausgesetzt mussten wir daran denken, dass wir in der Lage waren, Unrecht zu tun, Vertrauen zu brechen, sogar dasjenige derer, die wir am meisten liebten.

In den Häusern verrichteten unsere Mütter nichtige Dinge. Sie führten, ganz anders als wir, kein heroisches Leben, sie hörten nicht den Gong von Behrend schlagen, sie bezogen ihr Glück aus den kleinen, einfachen Dingen. Wir neigten unsere Köpfe demütig vor diesem kleineren Leben. Schon im Alter von fünf, sechs Jahren waren wir herausgewachsen aus ihrer Gesellschaft. Wir hatten angefangen, unsere Geschichte zu schreiben. Am Anfang noch sprachlos.

Noch viele Jahre später erinnerten sich die Alten an das Jahr 1964/65 vor der Einschulung, an diese Arbeitswut, die wie eine Seuche die Kinder der Siedlung ergriffen hatte. Und eines sagen wir deutlich: Das war keine einfache Aufgabe, sonst hätten es auch Idioten machen können. Wenn wir später als Akademiker und Künstler die höchsten Grade und die größten Ehrungen erreichten, die dieses Land zu bieten hatte, konnte es sein, dass wir durch Eigenverschulden wenig später ganz unten landeten, obdachlos wurden, wie es das Los einiger war, die während der Ehrungen oben auf der Bühne schon in den Abgrund blickten, der vor ihnen lag, an nichts mehr glaubten und deren Träume von Verfall und von Horror immer schon die nächtliche Begleitmusik ihres bürgerlichen Lebens gewesen war, weil das Fundament, der Keller ihres Hauses, schon bevor sie als Vierjährige die Hut erreichten, von Trennung, Angst und Not verseucht worden war, sodass uns die Hut hier oben nur mehr als kurze Etappe von Glück erschien, wie eine Fata Morgana, die ständig vor unseren Augen verschwamm.

Rainer, der beste Kopf unter uns Kindern, würde nach einem abgebrochenen Philosophiestudium auf eine Bohrinsel gehen und wenig später von einem Bohrkopf erfasst und eingeklemmt werden, der ihm den Schädel vom Hals riss und in der Zentrifuge bis zur Unkenntlichkeit zerquetschte. Während die Mutter nach dieser Nachricht über Nacht weißhaarig wurde und das Haus nicht mehr verließ, hielt der Vater, Herr Behrend, der beste Kopf der Siedlung, in dessen Leben nie der Konsum Einzug gehalten hatte, unerschütterlich an seinem Glauben an das Gute fest.

Er leugnete, selbst nachdem er beide Söhne verloren hatte (sein zweiter Sohn, Michael, ebenfalls »Spielkamerad«, starb mit vierzig an Krebs), die Sinnlosigkeit dieser Schicksalsschläge und glaubte stattdessen, dass all das, was an Unglück geschehen war, einen größeren Sinn hatte, der gottgewollt war und sich seinem Verständnis entzog. Während er früher Lem, Kafka und den frühen Thomas Bernhard gepredigt hatte, las er später nur noch die

Werke von Thomas von Aquin. Er wurde streng religiös, erledigte alle notwendigen Gänge für seine Frau, bis diese starb, ernährte sich nur von dem wenigen, was der Garten hergab, und wurde uralt. Er lebte in Räumen, die seit dem Einzug immer exakt das gleiche Gesicht behalten hatten, mit dem sanften Lächeln des Eremiten. Und wenn man ihn fragte, woran er dachte, dann antwortete er: »An den Krieg.«

In späteren Zeiten

Mit den Kindern der Beckers, die unsere unmittelbaren Nachbarn gewesen sind, ging es ab der Millenniumswende rapide bergab. Zwei Jahrzehnte etwa, vom Beginn der Achtzigerjahre, wo sie erfolgreich die Mittelschule abgeschlossen hatten, bis zum Anfang der Nullerjahre, hatten sie sich in ihren Berufen halten können, bevor die Angst und der Schrecken in ihr Leben einbrachen. In dieser Zeit hatten sie angefangen, Kredite aufzunehmen, auf das Haus, auf den Wagen, und hatten den Rest ihrer Ersparnisse in Immobilienfonds angelegt. Sie hatten nichts anderes getan, als dem damals üblichen Trend zu folgen. Den Rest ihrer Freizeit hatten sie damit verbracht, Möbel, Elektrogeräte und andere Dinge für den Haushalt anzuhäufen und in den großen Supermärkten ihre riesigen Einkaufswägen mit Tiefkühlfleisch, Pizzas, Süßigkeiten, Chips und Alkohol vollzuladen. Die Abende verbrachten sie damit, vor dem Fernseher all diese Dinge zu konsumieren. Sie wurden innerhalb weniger Jahre so dick, dass man sie nicht mehr wiedererkannte. Und ihre Raten, Jahreszahlungen und Kredite waren so angelegt, dass ein Ende noch längst nicht abzusehen war, obwohl es ihnen so vorkam, als hätten sie schon unheimlich lange unheimlich viel Geld zurückbezahlt. Als sie einmal bei den dafür zuständigen Sachbearbeitern vorsprachen, um zu erfahren, wann sie ihre Kredite denn getilgt hätten, schockierte sie die Antwort, die sie bekamen. Der Sachbearbeiter rechnete ihnen dann anhand komplizierter Tabellen vor, wie hoch der Zinssatz in den ersten Jahren der Ratenzahlungen gewesen ist und wie hoch er am Ende sein würde.

Er kam ihnen ungeheuer hoch vor, weit höher als die dadurch abgegoltenen Schulden. Der Sachbearbeiter versuchte, sie zu beruhigen, denn sie waren empört. Sie argwöhnten, dass das System irgendeinen Fehler hatte, aber das System war so unüberschaubar, dass sie aufgeben mussten. Sie überlegten, ob sie jemanden beauftragen sollten, diesen Wust an Eingängen und Zinsen von vielen Jahren zu überprüfen. Aber dazu hatten sie kein Geld, die Front ihrer Zahlungen war groß und reichte vom Wagen bis zu einem Flachbildschirm herunter. Außerdem hatten sie Hausratsversicherungen zu zahlen. Sie ahnten, wie tief sie in diese Dinge verstrickt waren. Sie wurden phlegmatisch, nicht weil sie dick waren, sondern weil das Leben, das sie lebten, zu einer diffusen Masse geronnen war. Inmitten ihres Tiefkühlfleischs, das auf dem Grill lag, und ihres Fernsehers, der im Wohnzimmer lief, inmitten der Alpträume, der Schlaflosigkeit, der nächtlichen Angstattacken, dümpelten sie antriebslos und denkfaul zwischen ihren billigen Konsumgütern vor sich hin, die ihr billiges Häuschen bevölkerten, und vereinsamten immer mehr. Oft hatten sie den Eindruck, sie wären »wie vor den Kopf geschlagen«, und wussten nicht, woran es lag. Wenn sie zu ihren Eltern auf die Hut hinauffuhren, herrschte dort eine seltsame Klarheit. Es gab immer noch die gleichen Sonnenuntergänge wie damals, und ihre Eltern schienen glücklich. Sie selbst fühlten sich, als hätte man an ihnen Raubbau getrieben, ihre Eltern hingegen waren vollkommen klar in dem, was sie taten. Nach wie vor bewässerten sie ihre Gemüsegärten und lebten von deren Erträgen, nach wie vor waren sie damit beschäftigt, im Herbst ihre alten Wintermäntel aufzubessern und ihre Schuhe selbst zu besohlen. Es kam ihnen vor, als wäre hier oben die Zeit stehen geblieben. Die Eltern hatten sich dem Konsum nicht bewusst verweigert, sie waren keine politischen Menschen, aber sie waren auf merkwürdige Art sehr hellsichtig, wirkten auf sie fast wie Heilige. Es war sehr einfach für sie, auf all diese Dinge zu verzichten, weil sie ihnen als vollkommen unnötig erschienen. Das Einzige, was sie sich jemals angeschafft hatten, war eine Waschmaschine und ein Fernseher. Die Eltern wurden zunehmend zu einem Spiegel für sie, der sie schmerzhaft darauf hinwies, dass in ihrem Leben etwas falsch gelaufen war. Auch ihre Sprache war zu einer Art Irrgarten geworden, denn sie wussten nie, wo sie anfangen sollten, sich zu erklären oder sich zu rechtfertigen, denn darauf lief es immer hinaus, wenn sie gefragt wurden, wie es ihnen ging, und sie ausweichend antworteten, weil sie nicht die richtigen Worte fanden, um zu erklären, wovor sie Angst hatten und was ihnen zu schaffen machte. Denn dieses Etwas war unsichtbar, lag im Verborgenen. Es hatte zwar einen teuflischen Einfluss auf ihr Wohlbefinden und ihr Verhalten, aber jedes Mal, wenn man in das Epizentrum dieses Etwas blicken wollte, um herauszufinden, wo das Problem lag, wurde es unscharf und verschwamm. Aber auch in ihre Wirklichkeit drangen sie nicht mehr vor. Ihr Leben erschien ihnen unwirklich, ihr Wohnzimmer, ihre Couchgarnitur, das Brotmesser, wie in einem Film von Polanski oder Fassbinder, wo die Dinge gefährlich wurden und ins Überdimensionale verzerrt.

Während das Weltbild und das Leben der Eltern vollkommen klar und geordnet waren und sie sich jederzeit in einfachen Worten darüber Rechenschaft ablegen konnten.

Wenn die Eltern erzählten, erschien jene gestochene Klarheit, wie sie an manchen Herbsttagen in ihrer Kindheit geherrscht hatte, wenn über Nacht der erste Frost hereingebrochen war. Sie beneideten ihre Eltern insgeheim.

Im Gegensatz zu ihren Eltern, die sich an alles erinnerten, erinnerten sie selbst sich an nichts. Die Eltern sprachen immer mit einem Lächeln von der Vergangenheit und mit Stolz und Freude; ihnen blieb nur das Vorhandensein der Dinge, die sie sich irgendwann einmal gekauft und die keinerlei Bedeutung hatten, keine Historie, keine Vergangenheit. Allein durch die hässlichen Dinge aus den Möbelmärkten lebten sie in einer absoluten Gegenwart. Diese Dinge waren scharfkantig und gefährlich. Ihre Eigenschaften waren die der Geheimnislosigkeit und der Geschichtslosigkeit. Ihr Haus war viel teurer als das ihrer Eltern, und es war viel hässlicher. Die Lage war schlecht, die Gegend war flach, alles sah gleich aus, zu den Nachbarn hatte man keinen Kontakt. Es blieb einem nichts anderes übrig, als zu trinken und sich vollzustopfen. Man sah sich schadenfroh dabei zu, wie man zu einem hässlichen Vieh wurde.

Sie waren dicke Kinder, die in ihrer Not zu ihren Eltern hinauffuhren, um Hilfe zu erbitten und sich Rat zu holen. Wenn die Eltern sie zum Abschied in den Arm nahmen, ganz selbstverständlich, nachdem sie ihnen Hilfe und Rat gegeben hatten, dann fühlten sie sich auf einmal nicht mehr dick und hässlich, sondern geliebt, und es kamen ihnen die Tränen, weil diese Liebe ihrer Eltern sie so schmerzhaft fühlen ließ, wie wenig sie ansonsten geliebt wurden, und sie schöpften daraus die Illusion, dass sie eines Tages, falls alles den Bach runterging, wieder in den Schoß der Familie zurückkommen könnten, um dort zu bleiben und in den Armen ihrer Eltern zu sterben.

Bis Anfang der Zehnerjahre hielten sie das »Outsourcing«, das in den Nullerjahren begonnen hatte, durch. Danach wollten sie nicht mehr. Sie wollten keine Menschen mehr sein. Prügeleien und Besinnungslosigkeit durch Alkohol rissen ihre Ehe, ihre Jugendliebe, auseinander. Sie, Bettina, war es, dieses in ihrer Jugend so sanftmütige und scheue Geschöpf mit den schmalen grauen Augen, die immer so unverwandt blickten, die sehr, sehr wütend wurde. Sie rammte betrunken mit ihrem Körper Autos im Erlanger Innenstadtverkehr, bis sie schließlich der Vater holte. Oben auf der Hut zählte sie dann im Kinderzimmer nuschelnd mit einem kleinen kindlichen Kichern kleine kindliche Devotionalien, die sie vor sich auf einer Decke am Boden ausgebreitet hatte, einen Holzhamster, mit Pelz überzogen, den man aufziehen konnte, kleine rote Gummistiefel und viele, viele Pfennige und Kupfermünzen, die sie in ihrem alten Portemonnaie gefunden hatte.

Klassenverhältnisse

Es war Spätherbst 1965, als wir die Grenzen der Landschaft immer weiter austesteten und oft erst lange nach Einbruch der Dunkelheit aus den Wäldern zurückkehrten, in die wir so tief eingedrungen waren, bis es in unseren Herzen spukte und wir Geräusche zu hören begannen, die es gar nicht gab.

Uns war kalt, und wir hatten Angst, aber wir kämpften gegen die Angst und die Kälte an und lernten, sie zu beherrschen und die Zähne zusammenzubeißen, wenn die Kiefer vor Kälte gegeneinanderschlugen. Zu lange hatten wir im Schwarzgrund ausgeharrt und die rätselhaften Erscheinungen der Krüppelkiefern betrachtet, den Nebel, der zwischen ihren verkrüppelten Ästen aufstieg und ebenso rätselhafte Formen hervorbrachte, hatten auf Stimmen, Geräusche und Laute gehört, die so unvertraut wie unheimlich waren, hatten uns angeblickt, uns gegenseitig geboxt und geschlagen und einen lauten Tanz aufgeführt, um die Stimmen der Waldgeister zu übertönen, hatten im Angesicht des anderen, eigentlich Vertrauten, selbst etwas Fremdes, Unheimliches zu sehen begonnen – und wenn wir nun aufbrachen, würde es, wie gesagt, einfach nicht mehr genügen zu laufen. Wir mussten unsere mentalen Kräfte einteilen, wir durften uns nicht mehr durch die Faszination des dunklen Waldes aus der Ruhe bringen lassen, sonst würden wir die Orientierung verlieren und nicht mehr nach Hause finden. Wir hatten bereits erlebt, wie es war, im Dunkeln durch die Wälder zu irren, weit abgeschlagen und voller frevlerischer Gedanken, etwa, die Kleinen zurückzulassen, sie abzuwerfen wie einen unnötigen Ballast, nur um uns selbst zu retten, bis sich endlich ein Rest von Verantwortungsgefühl durchsetzte, das stark genug war, der Versuchung zu widerstehen. Wir wollten uns diesen Gefühlen von Zerrissenheit nie wieder ausgesetzt sehen. Wenn wir dann endlich den Kamm erreicht hatten und zu unseren Füßen die kleinen, erleuchteten Häuser sahen, spürten wir eine ungeheure Erleichterung, aber nicht etwa darüber, in Sicherheit zu sein, sondern darüber, die Kleinen nach Hause schicken zu können.

Das Gefühl von Fremdheit, die Ahnung, dass in jedem von uns ein Dämon steckt, hatten wir nie so stark und beunruhigend wahrgenommen wie unten am Schwarzgrund, wenn wir dicht zusammengekauert nebeneinandersaßen und reglos in die Dunkelheit starrten.

Wir hatten kein Spielzeug, keinen Fernseher, bekamen nichts Neues zum Anziehen, solange das Alte hielt oder wir noch nicht vollkommen herausgewachsen waren.

Wir bekamen nur Dinge, die unendlich lange halten mussten, Schuhe aus dickstem Leder mit dicksten Absätzen, in denen man kaum laufen konnte und die nicht kaputt zu kriegen waren, sondern mit jedem Regenguss immer härter wurden, bis man sie nicht mehr tragen konnte, ohne sich die Füße kaputt zu machen. Wir bekamen viel zu große, kurze Lederhosen, in die wir hineinwachsen sollten, bekamen kurzärmlige, dehnbare Hemden aus Kunstfaser, die sich dem Wachstum unserer Knochen anpassten und mit unserem Schweiß vollsogen. Alles war für uns teuer. Teuer fing schon an bei Salamander, dem großen Schuhgeschäft in der Kreisstadt, wo man »ordentlich« bedient wurde, das heißt, demokratisch und nicht von oben herab wie in dem Kleidungsgeschäft der Frau Arnold. Aufgeregt ging man am Abend in das Geschäft, mit schlechtem Gewissen zwar, weil man die neuen Schuhe vielleicht noch nicht wirklich brauchte, denn die Zehen guckten vorne ja noch nicht raus, aber auch mit einer Gier auf sie, auf den Geruch des Leders, auf den kostbaren Moment, wo der Verkäufer sie aus der Verpackung nahm und man sie wie ein Wunderwerk in den Händen drehen und wenden und begutachten konnte. Selten trauten wir uns sogar in das protzige Bekleidungsgeschäft Arnold »Damen und Herren«, das wir sonst immer nur mit einer gewissen Ehrfurcht von außen betrachtet hatten, wenn wir in Forchheim, der nächstgelegenen Kleinstadt, zum Einkaufen waren. Das war, als meine Mutter mir dort meine Lederhose gekauft hatte, aus Hirschnappa, wie man uns damals erklärte. Leider war es nicht Frau Arnold persönlich gewesen, bei der wir uns bei dieser Gelegenheit hätten beliebt machen können, sondern nur ein strenger, verschlossener Verkäufer, der uns sofort wieder vergessen hatte. Die Gelegenheit, Frau Arnold zu treffen, hatten wir ein anderes Mal gehabt. Da erschien sie mit ihrer steifen, platinblonden Frisur und behandelte uns sehr herablassend, weil sie a) gesehen hatte, dass wir uns kaum über die Schwelle getraut hatten, und b), weil wir nur nach ein paar dringend benötigten Socken gefragt hatten. Als sie uns diese gebracht hatte, fragte Frau Arnold mit einer kalten, abweisenden Stimme: »Was darf es sonst noch sein?!« –

und unsere Mutter, verunsichert, wie sie war, kaufte rasch, mit verzweifeltem Blick sich umschauend, ob sie noch etwas anderes Billiges finden konnte, das ihr Hiersein rechtfertigen würde, eine Packung dreiteiliger Herrenunterwäsche, die ihr sündhaft teuer erschien – so groß war ihre Furcht vor dieser ungnädigen, strengen Dame, die dann nochmals in diesem perfiden Ton fragte, ob es nicht noch irgendetwas anderes sein dürfe. Einmal durften wir sogar in das Haus der Familie Arnold, die auch auf der Hut wohnte. Wir wurden mit unseren schmutzigen Hemden und speckigen Lederhosen in das teure Wohnzimmer gelassen, um mit den Zwillingen, die in unserem Alter waren, fernzusehen und uns gegebenenfalls mit ihnen anzufreunden, da sie bisher Angst vor uns hatten und sich deshalb nicht allein in die Siedlung trauten. Man lockte uns damit, dass im Fernsehen die Tierserien liefen, nach denen wir so sehr gierten: Serien, in denen ein Delfin, ein Colliehund, ein schwarzer Hengst oder gar ein Schimpanse die Hauptrolle spielten und die Daktari, Fury, Lassie und Flipper hießen.

Aber dieser Besuch vertiefte eher die Kluft, die zwischen uns herrschte, und bewirkte das Gegenteil. Je länger wir die Zwillinge beobachteten, desto mehr kamen sie uns mit ihren durchsichtigen Gesichtern, ihren langen, dünnen Gliedmaßen, ihren erstarrten Körpern und ihrem erschrockenen Blick vor wie Homunkuli aus einem Labor, die nie mit der Außenwelt in Berührung gekommen und überhaupt nicht lebensfähig waren. Sie waren Haustiere, die wir jederzeit mühelos zerfleischen konnten und die nur dazu da zu sein schienen, ihre Tage in den weichen Sesseln vor dem Fernseher zu verdämmern. Das war also das Resultat des Reichtums – ein gähnender Abgrund aus Angst und Langeweile.

Einmal im Jahr in der Vorweihnachtszeit begleiteten wir unseren Vater nach Nürnberg, wo er auf der Spielzeugmesse zu tun hatte. Er setzte uns in der Stadt ab, und wir besahen uns die hohen Kirchenschiffe der romanischen und gotischen Kirchen, weil das nichts kostete. Schließlich warteten wir vor den Auslagen des riesigen Kaufhauses, in dem er zu tun hatte. Die ausgestellten Dinge waren wie in einem Schrein angeleuchtet und wirkten unglaublich kostbar, Schuhe, einzelne Kleider, Pelzmäntel, die sich drehten, perfekte Eisenbahnlandschaften von Märklin, an denen wir uns nicht sattsehen konnten. Fasziniert studierten wir die perfekten Nachbildungen alter schwarzer Dampflokomotiven, die bis ins kleinste Detail stimmten. Die Mutter erklärte uns mit Ehrfurcht in der Stimme, dass all diese Dinge deutsche Wertarbeit waren, die in China und anderen Ländern »made in Germany« hieß. Hinter den Schaufenstern sah man den riesigen Verkaufsraum mit all den ausgestellten Waren und dem Gewimmel von Menschen. Wir hätten hineingehen können, niemand hinderte uns. Und dennoch taten wir es nicht, wie aus einem angeborenen Instinkt, der zu besagen schien: Diese Dinge und diese Räume sind nicht für euch. Sie sind zu hell, zu glänzend. Wir wollten nicht angestrahlt werden in unserer Armut von diesen großen Deckenleuchtern und Scheinwerfern.

Während wir oben auf der Hut ganz selbstverständlich mit der Armut umgingen, fühlten wir uns hier in Nürnberg in unseren klobigen Winterschuhen, den hässlichen, braunen Trainingshosen und den alten, ausgelassenen Mänteln plötzlich bloßgestellt.

Dazu bedurfte es nicht der Blicke der wirklich reichen Kinder und ihrer Mütter, die uns peinlich berührt streiften, während sie, mit schweren Einkaufstüten beladen, die Kaufhäuser verließen. Wir ahnten zwar bereits schon, dass Armut stank, aber es war die Plötzlichkeit dieser Erkenntnis, die uns auf uns selbst zurückwarf und uns klein und verloren vorkommen ließ. Dieser Mangel an Selbstbewusstsein hat später den Kindern der Beckers besonders geschadet, weil sie sich nie mehr über die Kreisstadt hinauswagen würden. Als unser Vater am Ausgang erschien, kam er uns schäbiger angezogen vor als der Toilettenmann, schäbiger als der Chauffeur in seiner Galauniform, der irgendwelchen Leuten aus dem Hilton/Kempinski den Wagenschlag öffnete. Wann und mit wem wir auch immer in der Vorweihnachtszeit nach Nürnberg fuhren, ob mit den Beckers, den Behrends oder meiner Familie, stiegen wir schließlich, geblendet von dem für uns unvorstellbaren Glanz und Luxus, in dem diese Großstadt schwelgte, in unsere nach abgestandenem Zigarettenrauch stinkenden Wägen und fuhren zurück in das trostlose, arme Zonenrandgebiet, aus dem wir kamen, und hinterfragten unser eigenes Leben. Auf der Rückfahrt führten wir uns vor Augen, wie die Menschen, die wir dort gesehen hatten, offenbar von Kindesbeinen an mit einem ungeheuren Selbstbewusstsein ausgestattet waren, das die Schwächeren von uns sofort verunsicherte und in den besseren Köpfen eine ganz spezielle Art von Arroganz und Stolz hervorrief. Bis dahin war uns unser einfaches, genügsames Leben immer selbstverständlich vorgekommen. Nun nicht mehr. Nun blickten wir an uns selber herab und verglichen uns mit ihnen. Unser Dialekt fiel uns auf, unsere struppigen Haare, das Gerstenkorn am Augenlid, und wir schämten uns unserer plumpen Ausdrucksweise. Auf der Rückfahrt erstickten wir fast in den engen Grenzen unseres Lebens. Fragen an uns selbst und Zweifel tauchten auf. Wir sahen vor uns die abgearbeiteten Gesichter unserer Eltern, und uns fiel auf, wie ernst sie waren und wie wenig sie sprachen. Wie wenig sie sich zu erzählen hatten, obwohl sie doch noch relativ jung waren. Und wie wenig ihnen genügte, um dankbar zu sein, manchmal nur der erste Sonnenstrahl im Frühling. Wir fragten uns, wie lange das Leben hier oben auf der Hut noch Nahrung für unsere Köpfe hergeben würde. Vielleicht gab es keinen geheimnisvollen, tieferen Sinn in den Wäldern, in der Dämmerung, in den Sommergewittern, im Frost, den wir bisher so sehr geliebt hatten.

Dies alles fragten wir uns, während wir stumm und in uns gekehrt auf der Rückbank saßen. Vielleicht taugten die kleinen Freuden des Lebens bald nicht mehr. Dann würden wir an dem Mangel langsam zugrunde gehen.

Wir konnten uns in diesen Momenten nicht mehr vorstellen, dass der erste Frost an einem frühen Morgen ein Hochgefühl in uns auslösen konnte. Wir mussten uns dieses Gefühl von Freude gewaltsam ins Gedächtnis zurückrufen, damit wir nicht an die Zukunft dachten. Nürnberg hatte uns einen Vorgeschmack der Zukunft geliefert, weil es uns in unserer ganzen Armut ausgestellt und den Blicken ausgesetzt hatte. Jetzt erst war in unser Bewusstsein gedrungen, dass die Welt nicht gleich war und nicht aus Gleichen bestand. Es gab Klassenverhältnisse, große Unterschiede im Auftreten, in der Kleidung; für manche lief das Leben offenbar wie geölt. Sie hatten Bedienstete, die alles für sie erledigten, sie lachten in der Öffentlichkeit, rauchten, unterhielten sich, während der Chauffeur die Einkäufe verstaute. Sie waren abgehoben und schienen von jeder Sorge befreit. Es schien gleichermaßen unmöglich zu sein, ihre Aufmerksamkeit zu erregen, wie in irgendeiner Weise an sie heranzukommen. Würde es auch später so sein, dass einem der Zugang zu dieser Welt für immer versperrt bleiben sollte? Dass man einen steinigen Weg vor sich haben würde und dass Anstand und Fleiß nichts nützten, davon hatte der Vater oft in seinen resignierten Zuständen gepredigt, bis uns die Ungerechtigkeit der Welt zu den Ohren herauskam.

Bisher waren wir nie gezwungen gewesen, über diese Dinge nachzudenken, denn oben auf der Hut waren am Anfang alle gleich arm. (Die Arnolds kamen erst später dazu.)

Jetzt sahen wir uns auf einmal von außen in unserer ganzen Erbärmlichkeit und – was noch schlimmer war – in der Erbärmlichkeit unserer Eltern.

Wertschöpfung

Das erste Gefühl von grenzenloser Freiheit, das uns erfasste, war, als wir in jungen Jahren, in der Pinakothek in München, große Kunst sahen und uns angesichts dessen, was wir sahen, eine Gänsehaut den Rücken hinunterlief. Da waren uns unsere abgetragenen Kleider egal. (Als wir früh schon die ersten Gedichte schrieben, merkten wir, dass man aus der Realität mühelos aussteigen konnte, indem man mit all der Konzentration, die man bei der selbst verordneten Zwangsarbeit in den Baugruben gelernt hatte, in ein ebenso tiefes, fruchtbares Zwischenreich hinabsteigen konnte, das einer eigenen, abgewandelten Version der Wirklichkeit glich, die viel mehr Sinn stiftete als diese. Wenn wir nicht ersticken wollten in der Enge der Verhältnisse, würde uns nichts bleiben, als tief in die Mathematik, die Philosophie oder die Kunst einzusteigen, die Nase Tag und Nacht in die Bücher zu stecken, die uns Herr Behrend, sobald wir anfingen zu lesen, über den Gartenzaun reichte.)

In der Pinakothek in München fühlten wir uns ungeheuer bereichert, weil wir, anders als in der Warenwelt der Kaufhäuser, die nur für die Reichen da und nur mit

Geld zu bezahlen war, hier kostenlos einen tiefen Zugang zu den Kunstwerken bekamen. Ob es nun Altdorfer mit seinen Schlachtengemälden, Baldung Grien mit seinen prachtvoll und exzentrisch ausgestalteten Kardinälen und Würdenträgern war, ob es Dürer mit seinen ungeheuer feinen, lebensnahen Skizzen und Zeichnungen war – seine zum Gebet gefalteten Hände hatten uns zutiefst beeindruckt –, ob es Rembrandt war, dessen Selbstportraits in einem immer tieferen Schatten versanken, je weiter man von Gemälde zu Gemälde voranschritt. Wir tauchten a priori ein in den tiefen Gedanken von Ernst, Menschlichkeit und Harmonie, den diese Kunstwerke vermittelten.

Dann wieder gab es Meister wie Grünewald, der wie auf einem Horrortrip malte, der sich der Mittel der extremen Überzeichnung bediente, um die Mächtigen an den Pranger zu stellen. Dem Meister vom Isenburger Altar gelang es durch diese Methode, die Todsünden herauszudestillieren, dem Hochmut, der Degeneriertheit, der Blasiertheit, der Gier und der Geilheit Gesichter zu geben.

Wenn man die Details studierte, die kariösen Zähne, die scheelen Froschaugen der Würdenträger, der Pfaffen und der Schaulustigen am Fuße der Kreuzigungen, und begriff, dass sie alle eine Brut waren, wenn man erklärt bekam, wie Behrend dies tat, mit welchen Mitteln Grünewald die Effekte herstellte, mit welcher Tinktur (schwefelgelb, rosa, blassgrün) er die Augäpfel vergiftete, Fäulnis hervorrief, Versumpfung, Bösartigkeit, Dünkel der Herrschenden, die er mit seinem Pinsel in Kröten und Getier verwandelte, dann konnte man spüren, welchen Spaß Grünewald an diesen Zerrbildern hatte und welches Vergnügen es ihm bereitete, die Gesellschaft mit der ätzenden Säure seiner Kunst zu zersetzen.

Solche Kunst, genau wie die von Bacon, von dem damals das Triptychon *Drei Studien zu Figuren am Fuß einer Kreuzigung* in einem der Nebensäle hing, war eine Zumutung für den Neuling. Sie lieferte den Betrachter dem Terror, der Schizophrenie, dem Schlachtfeld aus, das der Künstler in seiner übersteigerten Wahrnehmung sah, wo andere nur Gewöhnliches sahen. Trat man wie wir fasziniert und nah an die Visionen auf diesen Leinwänden heran, um auch die überbordenden Details zu studieren, so wurde man überflutet wie auf einem Trip. Man wurde augenblicklich ein Junkie einer Kunst, die, wie es schien, Reize intravenös verabreichte. Es gab keinen Filter, keine Sicherheitszone zwischen einem Grünewald oder einem Fra Angelico oder einem Francis Bacon und dem Zuschauer.

So konnte man die Faszination des Horrors ebenso inhalieren wie man die Jubelgesänge der Engelschöre zu hören glaubte, wenn man die Kuppelgewölbe eines Jüngsten Gerichts bei Fra Angelico studierte. Es gab kleinformatige Bilder mit einer solchen Strahlkraft, dass man alle anderen Bilder im Raum sofort vergaß. So ist es uns mit der *Spitzenklöpplerin* von Vermeer gegangen, und später gingen wir mit einem Tunnelblick an allen Bildern einer Ausstellung vorbei direkt auf einen Hopper zu, der am Ende des Saals hing, und vergaßen alles andere um uns herum. Genauso ist es uns mit einem Gemälde von Giotto gegangen, das ein Meer aus Heiligen zeigt, die hinauf zur Himmelskuppel blicken. In den holzschnittartigen, naiv gemalten Figuren ist es einzig die Demut der Haltung und des Blicks, die Giotto so vielfältig und tausendfach wiederholte und in ihrer Summe so unvergleichlich zum Ausdruck brachte. Behrend erklärte uns, während wir in einem Halbkreis um das Gemälde standen, dass es Giottos größtes Bestreben gewesen sei, die

Harmonie der göttlichen Ordnung darzustellen. Diese sei allein durch die Einfachheit und ungebrochene Kraft des Glaubens und nicht durch das Handwerk, das sekundär sei, so ungeheuer plastisch abgebildet worden, da Giotto, weil ihm nur die einfachsten Mittel des religiösen Ausdrucks zur Verfügung standen, auf die üblichen Tricks der Malerei verzichten musste.

Wir blieben ewig vor diesen Richtung Himmelspyramide ausgerichteten Figurengruppen stehen, die von der Dreifaltigkeit an ihrer Spitze wie magnetisch angezogen schienen. Während Behrend die Zusammenhänge erklärte, ließen wir das Gemälde, das uns vom ersten Moment an ergriffen hatte, tief auf uns einwirken. Wir wollten diese einfache, göttliche Ordnung in unserem Gedächtnis bewahren, bis wir eines Tages wieder hierherfahren durften, um das Bild erneut anzusehen. Es war eine unglaubliche Ruhe in unserer Gruppe eingetreten, wie sie noch nie geherrscht hatte. Während die anderen Besucher sich meist nur oberflächlich den Bildern widmeten und schnell weitergingen, blieben wir fasziniert stehen oder ließen uns, bei längeren Erklärungen von Behrend, am Boden nieder, um seinen Worten zu lauschen. Wir waren von der Faszination ergriffen. Wir wollten fasziniert sein und fasziniert werden und nicht mehr aufhören damit. Wir projizierten unsere Faszination sogar auf mittelmäßigere Produktionen, weil wir süchtig nach dem Gefühl der Faszination selbst geworden waren, weil wir in allem nur noch Schönheit oder Grausamkeit in ihrer puren, abstrakten Destillation sehen wollten. Wir waren an jenem Tag unseres ersten Museumsbesuchs Kunst-Junkies geworden. Als wir am Abend unsere Jacken entgegennahmen, waren wir sprachlos und wie gelähmt vor Ergriffenheit. Und später im Wagen, auf der Rückfahrt, als sich unsere dünnen

Arme wegen der Enge aneinanderpressten und wir wieder den altbekannten Geruch von Schweiß und Haut um uns hatten, ahnten wir die tief greifenden Konsequenzen dieses Ausflugs und welchen Verlust es für unser Leben bedeutet hätte, wenn es in ihm nicht so eine Gestalt wie die des Herrn Behrend gegeben hätte, der uns vollkommen selbstlos und fast wie nebenbei einen solchen Begriff von der Macht der Kunst geschenkt hatte.

Wir wussten damals im Wagen noch nicht, dass man uns ein Mittel zur Hand gegeben hatte, mit dem wir eines Tages selbst etwas anfangen konnten, aber wir spürten, dass es nicht nur die Verhältnisse waren, die uns eng vorkamen und beklommen machten, sondern das Leben selbst, das uns eigentlich nicht interessierte, sondern dass wir lieber gleich vollkommen und mit Haut und Haaren in die Kunst einsteigen wollten, weil uns gar nichts anderes übrig blieb.

Egal, wie abstrakt, diffus, dekadent oder absurd wir unsere Kunstwerke eines Tages gestalten würden, dieser Gedanke der künstlerischen Ordnung, wie wir ihn uns durch die Gemälde von Giotto, Fra Angelico oder Grien eingeprägt hatten, würde für immer oberste Priorität haben.

Als er uns dann Jahre später die Gemälde von Brueghel im Kunsthistorischen Museum in Wien zeigte, die verschiedene dörfliche Landschaften zu verschiedenen Jahreszeiten aus der Vogelperspektive darstellten, hatten wir sofort ein Déjà-vu und bekamen eine Gänsehaut, weil ihre Motive uns exakt in bestimmte Situationen, die wir selbst erlebt hatten, zurückversetzten (das Schlittenfahren durch den verschneiten Wald hinunter zum Schwarzgrund, das Dorf von oben, von der Siedlung aus betrachtet etc.). Ein einziger großer Faden des Gedächtnisses und der Erinnerung schien unsere persönlichen, kleinen Biografien mit denen der großen Kunstwerke zu verweben und uns einen Heimatboden zu bereiten, den wir in der äußeren Welt nicht hatten.

Ähnlich ging es uns mit Bacon, ähnlich mit Hopper, der geradezu manisch besessen war von der Einsamkeit des Menschen und ihr einen schillernden Glanz und eine atemberaubende Schönheit verlieh. Wir begriffen sehr wohl, dass alles Handwerk nichts war als bloßer Schein und Konzept, wenn man dahinter nicht den tiefen, geheimen Antrieb des Künstlers spürte, das Leben unter einem bestimmten Aspekt darzustellen, der evident für den Künstler war, seine ganz spezielle Sicht auf die Dinge.

Gut gemachte Auftragsarbeiten wie die von Rubens hingegen, der eine ganze Werkstatt für ein Gemälde beschäftigte und nur das Gesicht des Papsts darin malte, stießen uns ab, weil unser Auge bereits geschult genug war, die Inhomogenität darin auf den ersten Blick zu erfassen, und wir kommentierten es in unserer altklugen Art mit Sätzen wie: »Ach, sieh mal! Viele Köche verderben den Brei.«

Das Wichtigste für uns war, dass ein Bild eine physische Reaktion in uns auslöste, einen Schauder, eine Gänsehaut, Tränen. Die Beipackzettel der Kunsthistoriker lasen wir nie. Wir waren auf den puren Stoff angewiesen, auf den Kick. Wir wollten die volle Dröhnung, bevor wir überhaupt begriffen, was mit uns geschah. Wenn wir von einem Kunstwerk den Kick gekriegt hatten, waren wir bereit, darüber nachzudenken. Vorher nicht. Wir lasen nicht, wie viele andere, zuerst den Zettel und warfen dann einen flüchtigen Blick auf das Bild. An Konzeptkunst gingen wir einfach vorbei. Wir vertrauten nur auf die Gänsehaut als physische Reaktion auf große Kunst.

* * *

Die Literatur sagte den anderen nichts, auch die Kunst nicht. Sie hatten an unserem Ausflug in die Pinakothek nicht teilgenommen. Die anderen, das waren die übrigen neunzig Prozent der Kinder oben auf der Hut, die bald wie Herdenvieh in die Dorfschule trotteten.

Behrend führte uns nicht nur in die Welt der Malerei ein, er lehrte uns auch die Literatur. Immer wenn wir bei ihm waren, lag ein kleiner Stapel Bücher bereit, den er dann, wenn wir uns um ihn versammelt hatten, in zwei Hälften teilte, die er hinter seinem Rücken vor uns verbarg. Einer von uns durfte nun wählen. Hatten wir Pech, dann wurde ein sehr schwieriger Text vorgelesen, den er einzig für sich selbst laut las und den er auch gelesen hätte, wären wir nicht zugegen gewesen, zum Beispiel den *Molloy* von Beckett oder *Finnegans Wake* von Joyce, dessen unverständliche Sprachpyramiden sich vor uns aufbauten wie Rätselwerke mit seltsamen Mustern, die dennoch in uns eindrangen und in unserem Gedächtnis verhaftet blieben. (Später sollten wir wie auf magische Art angezogen zu diesen Werken greifen, wenn wir in den Bibliotheken stöberten. Thomas Manns *Doktor Faustus* gehörte ebenfalls dazu.) Dennoch harrten wir immer aus, denn diese Lesungen dauerten nie länger als eine halbe Stunde, und danach wurden wir immer mit einem Schmankerl belohnt. Am meisten mochten wir, wenn er die Kinderlieder von Blake zitierte, denn die konnten wir mittlerweile alle auswendig und von daher mit ihm einstimmen. Es kam aber auch vor, dass er Gedichte von hoher, erschütternder Dramatik las, wie *La Belle Dame Sans Merci* von Keats, die wir komplett begreifen konnten und die uns einen Schauder über den Rücken jagten, denn es war uns, als wären wir selber wie der »knight at arms« mit der »belle dame« mit ihrem wilden Blick auf ihrem Schimmel geritten. Wir hatten uns von ihrem Liebesgeflüster anstecken lassen und fanden uns allein und todkrank am »kalten Hang« – und für immer von ihr im Stich gelassen. Sie, die Muse, hatte uns bereits mit ihrem Fieber geküsst und dann in den Abgrund gerissen. Wir kannten das weiße Meer der daffodils, mit ihrem betörenden Geruch, der die Herzen zerriss.

Oder Behrend las John Donnes *No Man Is an Island.* Im Überschwang seiner Rezitation konnte es geschehen, dass er für uns aus dem Stegreif eine perfekte Interpretation auf Deutsch lieferte, in Reimen.

Diese Abende waren sehr inspirierend. Er hätte sie auch ohne uns abgehalten.

Oft genug hatte er auf seiner Veranda, allein, nach der Arbeit, diese Auftritte für sich abgegeben, und wir waren, angezogen von ihrer Merkwürdigkeit, herbeigeeilt und hatten ihm im Dunkeln gelauscht, wenn er seine Unerhörtheiten mit erregter Stimme in die Nacht hinausposaunte. Aber es war auch für uns, vielleicht immer mehr für uns, denn er wusste, dass er, Behrend, unsere einzige Chance war, dass er das Nadelöhr zwischen zwei Dunkelheiten war, der einen, aus der wir kamen, und der anderen, in die wir hineingehen würden, würde es ihn nicht geben. Es war ein Rätsel, weshalb wir auf ihn reagierten und die anderen blind dafür blieben.

In jenen düsteren Tagen, in denen wir der Schule den Rücken gekehrt hatten und nicht mehr wussten, was aus uns werden sollte, waren wir schon eine eingeschworene Gemeinschaft. Besonderen Trost gab uns Behrend mit seinen Lektionen, die vorher, als alles noch unschuldig war, nicht nötig gewesen waren, jetzt aber schon, denn etwas Unerklärliches vollzog sich. Wir, die wir gierig nach geistiger Nahrung waren und all das Wissen in uns aufsogen, wurden wie zur Strafe plötzlich von ihm abgezogen und sollten in eine Schule gezwungen werden, die uns mit ihrer Banalität von Anfang an erstickte. Wir, die wir einen ganz anderen, zwingenden Zugriff zu einer elementaren Freiheit des Denkens bekommen hatten und mit den höchsten Geistern vereint waren, sollten nun vereinnahmt werden von der erstickenden Banalität des Gemeinwesens, das uns darauf trimmen wollte, Sparkassenbeamter zu werden. Das kam geistigem Mord gleich. Und das spürten wir, ohne es erklären zu können, und die Lektionen von Behrend waren einzig und allein dazu da, Licht in dieses Dunkel zu bringen, indem er erklärte, dass wir nicht die Einzigen waren, denen es so erging.

Dabei verwies er auf seine Bibliothek und führte aus, dass viele dieser Bücher, die wir so bewunderten, oft unter schlimmsten politischen und persönlichen Bedingungen dem Schicksal abgetrotzt worden seien, aus einer inneren Notwendigkeit heraus. Wir hätten die gleiche Härte des Widerstands bewiesen wie diese großen Schriftsteller, indem wir uns geweigert hätten, uns blind dem allgemeinen Diktat des Systems zu unterwerfen. Jetzt müssten wir mit den gleichen Konsequenzen leben wie sie, dem Exil – und wir könnten stolz darauf sein.

Während wir an diesen dunklen, kalten Septembertagen im Gras saßen und lauschten, verbot Behrend uns grundsätzlich jede Art von elitärem Denken. Wir sollten die anderen nicht dafür verachten, dass sie in die Dorfschule gingen. Das sei schon richtig so, sagte er und ersparte uns jede weitere Erläuterung.

Die Axolotl, helle, durchsichtige Wesen, die an Embryonen erinnerten, mit rudimentären Gliedmaßen und rötlichen Härchen auf ihrem Kopf, hätten es eines Tages vor Jahrmillionen gewagt, aus dem Wasser hinauszugehen und jenes für sie lebensgefährliche Terrain zu betreten, das man Festland nannte. Viele wären über die ersten Schritte nicht hinausgekommen. Die wenigen jedoch, denen es gelungen sei, unter den mörderischen Bedingungen des Festlands zu überleben, hätten mit der Zeit Gliedmaßen entwickelt und wären zu einer anderen, höheren Spezies geworden. Eine künstlerische Landnahme, wie sie uns vorschwebe, könnte hohe Verluste bedeuten. Davor wollte er uns warnen. Was wir aber dafür zurückbekämen, sollte uns tatsächlich eines Tages etwas gelingen, das wäre eine tausendfache Entschädigung für alles, was wir bis dahin erlitten hätten.

Wir hätten uns nun schon früh entschlossen, nicht Zahnarzthelfer, nicht Buchhalter, nicht Busfahrer oder kleine Beamte im öffentlichen Dienst zu werden, und das sei schon eine erste Hürde gewesen, die unendlich schwer zu nehmen gewesen sei. Denn wir lebten in einer Klassengesellschaft, in der uns von Anfang an eingebläut würde, dass wir für den geringsten Scheißdreck schon dankbar zu sein hätten, den uns die Obrigkeit vor die Füße warf.

Jahre später, als wir ihm unsere ersten Prosa-Versuche und Gedichte voller Stolz überreichten, die er mit einem »erstaunlich, erstaunlich«, begleitet von einem nachdenklichen Kopfnicken goutierte, klärte er uns darüber auf, dass wir uns nicht zu früh freuen sollten, dass wir uns gewiss sein müssten, dass uns ein zähes Ringen, ein zäher Kampf gegen gewaltige Selbstzweifel bevorstehen würde, von dem wir jetzt noch gar keine Ahnung hätten. Der Preis sei hoch, so hoch wie die Ziele, die wir uns gesteckt hätten. Wir hätten keinen finanziellen Rückhalt, wir würden unser Geld in den »großen Städten«, in die es uns ziehen würde, mit niedrigster Lohnarbeit verdienen müssen, wir würden in Hinterhofwohnungen leben, wir hätten aus unseren Elternhäusern keinen geistigen Rückhalt und wären völlig auf uns selbst zurückgeworfen. Wir würden unter den schlimmsten Bedingungen leben, wie die Dichter vor uns. Und dann erst würde sich zeigen, ob wir gewappnet wären, genug Charakter besäßen, um uns gegen diese immense Einsamkeit und Demoralisierung zu stemmen. Und genug Talent. Und ab einer gewissen Zeit gäbe es kein Zurück mehr. Da wäre uns die Rückkehr in ein bürgerliches Leben abgeschnitten.

Dann lächelte er sein ironisches Lehrerlächeln und fügte hinzu, dass dies eine Ermutigung sein solle, diesen Weg trotzdem zu beschreiten.

Als wir uns später tatsächlich in völlige Armut hüllten, völligen Verzicht übten, als wir uns, unsere Nerven, unser Gehirn und unsere gesamte Existenz in ein vollkommenes Chaos stürzten, dachten wir oft an die Worte unseres Lehrmeisters zurück, wonach unsere gesamte schöpferische Existenz auf Unsicherheit und Leid aufgebaut sei.

Und tatsächlich, wir brauchten dieses Chaos, um uns neu zusammenzusetzen. Wir trieben einen Kult mit der Armut, ja mit dem Hunger, wir stellten ihn aus, wir sahen furchterregend aus mit unseren riesigen, hungrigen Augen, riesigen Pupillen, unseren hohlwangigen Gesichtern, unseren heruntergehungerten Körpern, die im Winter oft bloß mit einer Decke bedeckt waren, die wir um uns geschlungen hatten, während unsere nackten Füße über die vereisten Straßen von Westberlin liefen. Leute wichen erschrocken vor unserem Anblick zurück und wechselten die Straßenseite – und so kehrten wir, mit siebzehn, achtzehn, nach dem Abbruch sämtlicher Kontakte, zu unserer alten Wildheit zurück.

Um nun zurückzukommen auf Behrend, der an alldem seinen Anteil hatte: Weshalb wir Beckett, Kafka und auch den frühen Thomas Bernhard später so verschlangen, war, weil wir diese Prosa schon kannten, die sich in ständigen Varianten über ein Thema erging, es ständig umkreiste, alles infrage stellte, eine Prosa, die sich zermarterte, bis keine Hoffnung mehr blieb.

Bei Bernhard glich das Denken einem ständigen Den-Stein-den-Berg-Hinaufwälzen, ebenso bei Beckett oder, wie man es auch nennen könnte, einem nicht enden wollenden Schlammmassen-nach-oben-Befördern.

Behrend las uns den frühen Bernhard vor, vor allem *Das Kalkwerk*, dann den *Molloy*, dann *Das Schloss*, bis wir vollkommen fertig waren. Obwohl wir kaum etwas davon verstanden, prägte sich uns doch das Manische, der Sprachrhythmus, unvergesslich tief ein. Die ständigen Wortwiederholungen in den Sätzen Bernhards und Becketts dröhnten uns im Hirn. Wenn man sich einer solchen Maloche unterzog, war das ein Austesten der Grenzen der Denkfähigkeit. Wir hielten diesen Texten stand, wichen nicht zurück, donnerten ihnen unsere gesamte Konzentration entgegen. Behrend las, wir hörten zu und wippten mit den Köpfen, mit geschlossenen Augen, wollten nicht früher aufgeben als Behrend, wollten ihm nichts schuldig bleiben, wenn er schon las und uns wie Erwachsene behandelte und keine faulen Ausreden erfand wie die anderen, die immer sagten, man sei noch zu jung, um etwas zu verstehen.

Wir hockten im Gras, zu fünft, zu sechst, an dem frisch gedüngten Möhrenbeet; er hockte im Schneidersitz, mit seinen langen, knochigen Beinen und seiner spiegelnden Nickelbrille. Wir hockten und hockten. Er las und las, manchmal fast wahnsinnig vor Ergriffenheit; wenn ihn ein großer Text wie *Ein Landarzt* von Kafka an den Rand seines emotionalen Fassungsvermögens trieb, fing er zu japsen und beinahe zu schluchzen an, oder seine Stimme versagte. Er deklamierte die Texte. Wir waren sein Publikum. Sein geistiger Erregungszustand, die Sätze, die wie ein Trommelfeuer auf uns niedergingen, übertrugen sich auf uns. Später, wenn wir Versuche machen würden, selbst Kunst herzustellen, dann würde dieser Erregungszustand immer der Maßstab sein. Ohne ihn ginge nichts. Ohne ihn auch nur annähernd zu erreichen, käme kein einziger Satz, kein einziger Pinselstrich zustande, wurde keine Note aufs Papier gebracht. Manchmal waren die Runden, die man drehte, bis es zu dem Punkt kam, dass man sich hinsetzen konnte, ohne von Anfang an komplett zu scheitern, endlos.

Dass man des Zustands nicht habhaft wurde, dass man blöd und leer herumsaß wie ein Kretin, dass man weniger wert war als der Furz, den man ließ, war oft schier zum Verzweifeln. Die eigene Sinnlosigkeit und Nutzlosigkeit ließen einem fast den Kopf platzen.

Insofern hatte Behrend mit seinen Warnungen durchaus recht gehabt. Auch daran erinnerte man sich, wenn man kurz davor war, aufzugeben und sich vom Dach zu stürzen. Bei allem, was man in dieser sinnlosen, unerträglichen Leere tat, wusste man, dass es nur dazu diente, auf jenen ersten Satz auf dem weißen Papier hinzuarbeiten, der in sich die Möglichkeit barg, ein System weiterer Sätze zu entwickeln.

Wenn Behrend im Furor und in seiner Wut mit hoher, sich überschlagender Stimme zu uns sprach, wippte sein ganzer Körper stetig vor und zurück wie unter Zuckungen. Wie ein irre gewordener Derwisch, der sich, bevor er ruhig und glanzvoll in die Nacht ging, um seine Beete zu gießen, völlig verausgabte.

Wir nickten im Rhythmus mit unseren Köpfen. Wir saßen im grünen Gras, rochen den starken Duft seiner Zigarillos und nickten. Wir nickten und nickten. Alter Beckett am Abend. Früher Bernhard am Spätnachmittag. Kafka am Mittag in der dröhnenden Hitze. Lem im Winter bei Schnee und Eis. Wir bekamen unsere Lektionen.

Danach zwang er uns zum Ausgleich zur Gartenarbeit. Wir mussten die Möhren aus dem Gemüsebeet ziehen und anschließend mit dem Wasserschlauch säubern. Danach gingen wir hoch erhobenen Hauptes, in einem Trommelfeuer von Sätzen, in unsere Grube und warfen den Lehm nach oben in den dunkler werdenden Himmel, warfen ihn, seiner banalen Materialität enthoben, in sein Grab aus Luft, um dem frühen Bernhard unsere Reverenz zu erweisen.

Schisma

Im September 1966 wurden wir eingeschult.

Das Photo zeigt etwa zwanzig Kinder, die, mit riesigen Schultüten im Arm, vor der neuen Schule auf dem Kiesplatz stehen, in zwei Reihen hintereinander aufgestellt.

Wir sehen aus, als hätte man uns zusammengetrieben. Ich erinnere mich an Kälte und Schatten und an den Geruch fader, billiger Schokolade, der aus der großen Schultüte strömte, die ich mir unter die Nase hielt. Der helle Kies, die Kinderschar, das Gefühl von Verlassenheit. Die Eltern waren nicht mehr da. Sie waren alle zur Arbeit gegangen. Ihnen war die Tatsache, dass erster Schultag war, offenbar nicht so wichtig. Sie war untergegangen im allgemeinen Alltag. So standen wir hier nun allein, abwartend, hohläugig, mit verschlossenen, misstrauischen oder verschämten Gesichtern. Nach und nach hatten wir uns auf diesem Appellplatz müde und mürrisch eingefunden. Wir rochen säuerlich, nur die Haare waren rigide in Form gebracht worden. Die Scham vor der Kamera schweißte die fremden Gesichter zusammen, die Steifgefrorenheit, mit der wir in der Kälte standen, die meisten mit viel zu großen Kleidern, in die sie erst hineinwachsen sollten. Die Kamera stand bereits, dahinter ein Mann, dessen Kopf sich unter einer Plastikmanschette verbarg, die den Lichteinfall verhinderte. Er stand vor der steilen Böschung, hinter der die Hut begann, die wir von hier unten nicht sehen konnten. Unweigerlich versetzte uns die Erkenntnis, dass dieses Photo der letzte Aufschub war, bevor wir in dem Eingang der Schule verschwanden und damit der »sorglose« Teil unserer Kindheit vorbei war und der »Ernst des Lebens« begann, einen Stich in die Brust.

Ansonsten hatte man dem Tag keine Wichtigkeit beigemessen. Vielleicht war das der Fehler gewesen. Die Unbekümmertheit der Erwachsenen unseren Belangen gegenüber hatte oft etwas Demütigendes und Verletzendes. Unsere Ängste wurden nicht ernst genommen, im Gegenteil, sie wurden geschürt. Hatte man aus einer Ungewissheit heraus, was einen in der Schule erwartete, Angst zu versagen, dann hieß es: »Dann kommst du in die Hilfsschule.«

Eines der Kinder, zu arm für eine Schultüte, hielt ein Pappschild vor seiner Brust, auf dem »Mein erster Schultag« geschrieben stand. Das wirkte besonders grausam und stigmatisierend.

Zu Bettina hatte die Mutter gesagt: »Stell dich nicht so an«, und sie dann mit Gewalt um die eigene Achse in Richtung Schulweg gedreht, damit sie endlich ging und nicht länger »bockte«. Dabei kam ihre dicke Brille ins Rutschen. Statt sie zu richten, gab Frau Becker ihr einen Schubs. Voller Trotz setzte sich Bettina in Bewegung. Wenig später war ihre Nase vom Rotz verkrustet. Sie hatte die ganze Zeit auf dem Weg leise geweint.

Angst und Bedenken der Kinder angesichts einer so wichtigen Angelegenheit wurden völlig ignoriert, weil man etwas viel Wichtigeres zu tun hatte, etwa zu kochen oder zu putzen. Zu dieser Zeit hatte bereits der rücksichtslose Pragmatismus zu greifen begonnen, den die Frauen hier oben als Unterdrückungsmechanismus benutzten, um jede Regung von Konflikt und Widerstand innerhalb der Familie im Keim zu ersticken. Dabei unterschieden sie längst nicht mehr zwischen wichtig und unwichtig und waren nicht mehr bereit, auch nur eine Sekunde über die Konsequenzen ihres Handelns nachzudenken. Für die Befindlichkeiten ihrer Kinder hatten sie überhaupt keine Zeit.

In Bettina hingegen brach eine Art Urvertrauen in genau dem Moment, wo sie noch einmal ruhig zu ihrer Mutter aufblickte, um ihr zu signalisieren, wie hilflos ausgeliefert sie sich fühlte, und diese sie als Antwort ungeduldig von der Schwelle stieß.

Neben der gespenstischen Schar der Kinder steht wie ein großer Schatten Frau Heidrich, die Lehrerin. Die Eltern nahmen sie ganz selbstverständlich als Lehrerin an, obwohl ihnen bei ihrem Anblick ein Licht hätte aufgehen müssen, denn die Frau war bereits Ende sechzig und hätte also längst pensioniert sein müssen. Hatte die Schulverwaltung keine andere, jüngere Lehrerin gefunden, die sich dafür hergegeben hätte, uns zu unterrichten? Wie Frau Heidrich da steht, in ihrer Robustheit, ihrer Verschlossenheit, mit ihrem bösen, alten Gesicht, gleicht sie eher einer Gefängniswärterin als einer Lehrerin. Aber das schien niemanden zu interessieren. Es wurde nicht hinterfragt.

Auf dem Photo fällt die Sonne über das Flachdach der Schule hinter uns und bricht sich an dem Wall, der uns die Aussicht auf die Hut verstellt.

Wir stehen im Schatten, unsere hellen Hemden leuchten. Mein Blick ist verträumt, von der unbestimmten, traurigen Sehnsucht erfüllt, die für alle meine frühen Photos typisch ist.

Ich versuche zu lächeln. Ich erinnere an einen räudigen, geprügelten Hund aus dem Tierheim, der hinter seinem Gatter einen Besucher anguckt und versucht, sich von seiner besten Seite zu zeigen.

Vielleicht unterschied mich von den Bauernkindern, dass man mir das Lächeln für ein Photo beigebracht hatte und ihnen nicht. Denn sie gucken wölfisch und misstrauisch aus tief in ihren Höhlen verborgenen Augen.

Ein Bruchteil einer Erinnerung taucht auf: wie ich das Foyer der Schule durchquerte. Die Schule besaß eine Aula. Eine schöne, abgerundete Doppeltür aus hellem Holz führte hinein. Daneben befand sich ein großes ovales Fenster mit Blick auf die Felder, durch das die Sonne fiel. Es bestand aus einem Mosaik aus bunten Glasscherben, die zu einer Marienfigur zusammengesetzt worden waren. Der Kirchenmaler Kusche, der auch oben auf der Hut wohnte, hatte es in seiner großen Garage hergestellt, und Markus, Kusches geistig behinderter Sohn, der in meinem Alter war, und ich hatten ihm dabei geholfen. Ich erkannte es voller Stolz wieder und wunderte mich, dass es nicht in der Kirche hing. Auch erinnere ich mich daran, dass wir die Ersten waren, die diese nagelneue Schule betraten. Wir bildeten sozusagen eine Art Vorhut. Durch die breiten Fenster fiel die Sonne in den Gang, von dem die Klassenzimmer abzweigten. Es war viel Holz verwendet worden. Die evangelische Kirche hatte sich wirklich Mühe gegeben, die Kluft zwischen den Bauernkindern und uns von der Hut zu schließen, indem sie diese schöne, vertrauenerweckende Schule gebaut hatte.

Frau Heidrich: eine große, klobige Frau, grobknochig, eine Riesin oder ein Riese in Frauenklamotten. Grauweißes bis gelbliches Haar quillt unter einem Kopftuch hervor. Ein breitflächiges Gesicht, das von einer riesigen Stirn und einem breiten, vorspringenden Kinn dominiert wird, die Augen kaum erkennbar, da wegen der Sonne zusammengekniffen.

In der Klasse mussten wir vor ihr Aufstellung nehmen. Sie zeigte mit dem Finger auf uns und rief: »Name!«, woraufhin wir unsere Namen nannten. Sie wies dann auf den Platz, auf den wir uns zu setzen hatten, und rief: »Setzen!« – in einem Kasernenbefehlston, der keinen Widerspruch zuließ. Irgendwann waren Bettina und ich an der Reihe. Wir standen nebeneinander, weil wir zusammen in einer Bank sitzen wollten. Sie schickte Bettina mit ihrer dicken Brille nach vorn, mich ganz nach hinten. Da ich nicht von ihr getrennt werden wollte, blicke ich fragend zu der Riesin auf und hatte in diesem Moment zum ersten Mal das Gefühl, dass sie mich hasste. Woher dieses Gefühl kam, wusste ich nicht, ich kannte es nicht. Niemand hatte mir bisher Hass entgegengebracht. Aber es war ein Gefühl, das mich sofort in einen Alarmzustand versetzte. Das Gesicht da oben war wie verschwommen und ganz weit weg. Es wirkte wie eine Wehr auf mich, von dicken Mauern umgeben, nichts sickerte hindurch.

Hinter diesen Mauern war das uralte Gehirn, die Befehlszentrale für diesen robusten Körper, dessen Ausdünstungen ich durch die Kleider riechen konnte. Es lebte in einer anderen Zeit, wo auf Gehorchen getrimmt wurde und es kein Erbarmen gab. Es hatte nichts mit mir zu tun, und das ist das Schlimme: Es war ein unpersönlicher Hass, der mir entgegengebracht wurde, weil ich nicht augenblicklich gehorchte.

Ihre Augen habe ich hellblau in Erinnerung, mit einem leichten Schleier darüber, der die Pupillen eintrübte. Wenn sie einen ansahen, nachdem sie die Brille abgesetzt hatte, wurde man sofort müde und verlor alle Kraft. Der Blick drang wie Gift in den hintersten Winkel der Seele und lähmte und hypnotisierte einen. Man konnte ihn keine Sekunde lang ertragen. Woran lag das? In dem Blick zeigte sich keinerlei Wut oder andere menschliche Gefühle. Er taxierte einen lediglich kaltblütig, und Frau Heidrich schien dabei zu überlegen, was sie mit einem anstellen sollte. Es war ein Blick, der großes Unbehagen bei mir auslöste. Frau Heidrich trug immer ein blaugraues Kleid, eine Art Schürzenkleid in mehreren Lagen, wie es Ordensschwestern tragen. Darunter kamen ihre keulenförmigen Waden zum Vorschein, breitbeinig immer, eine Wade war mit Mull bandagiert, der unter einem dicken, halb durchsichtigen Verbandsstrumpf zum Vorschein kam.

Sie roch manchmal stark nach Urin, alt und abgestanden, sie verströmte einen regelrechten Gestank. Sie schob mich, stieß mich in Richtung meines Platzes. Ich setzte mich, schwer wie ein Stein und vollkommen betäubt. Das war die erste Begegnung.

Ich ging heim, langsam, gesenkten Kopfes. Den Eltern sagte ich nichts. Es war ja nichts Schlimmes passiert.

Über den Blick denke ich immer wieder nach, weil ich sein Geheimnis nicht ergründen kann und nicht die Macht, die er über mich hatte. Auf ihrer Netzhaut lag eine Art Schleier. Vielleicht sah sie nicht mehr gut. Vielleicht war es das. Vielleicht war sie gar nicht böse, und ich hatte alles nur hineininterpretiert.

Am nächsten Tag stellte sie fest, dass ich mit links schrieb. »Ach, du schreibst mit der linken Hand?«, fragte sie voller Argwohn. Ich hatte sofort das Gefühl, dass das sehr schlimm war. Der Unterton in ihrer Stimme besagte es. »Das wundert mich nicht«, fügte sie hinzu. Ich sah sie in Erwartung einer Erklärung an. Ich wollte natürlich wissen, wie sie das meinte, aber sie wendete mir den Rücken zu und schrieb einen Krakel an die Tafel, irgendeinen neuen Buchstaben, den sie beim Namen nannte und den alle nachmalen sollten. Sie sah sofort, dass ich noch immer mit links schrieb, und sagte, ich solle den Stift in die rechte Hand nehmen. Ich gehorchte sofort. Ich wollte mich ja mit ihr gut stellen. Vielleicht gewöhnte ich mich ja an sie. Ich musste freundlich sein, es zumindest versuchen. Aber das Problem ging nicht weg. Der Stift wollte nicht in der rechten Hand bleiben. Immer wieder rutschte er in die linke. Ich hatte Schuldgefühle deswegen. Das machte die Sache noch schlimmer.

Irgendwann nahm sie mir den Stift aus der linken Hand und drückte ihn in die rechte – mit sanfter Gewalt. Noch einmal ermahnte sie mich. Ihre Stimme war ruhig, fast sanft, auf seltsam unangenehme Art allerdings.

Ein kleines Intermezzo verlagerte ihre Konzentration auf einen anderen Sündenbock.

Ein Bauernjunge hob unbeholfen die Hand und nuschelte etwas in seinem schwerfälligen Dialekt. Er hatte offenbar vergessen, vor dem Unterricht aufs Klo zu gehen, obwohl das eine der ersten Regeln war, die wir uns einprägen sollten.

Sie lud ihn mit sanfter Stimme ein, nach vorn zu kommen. Er solle sich frontal zur Klasse neben das Lehrerpult stellen. Er schämte sich, er wusste nicht, wie ihm geschah. Er sah sie mit dem flehenden Blick eines gehetzten Tieres an, damit sie ihn endlich von seiner Qual befreite und aufs Klo gehen ließ. Sie aber lächelte nur und fuhr mit dem Unterricht fort. Er zappelte wie eine Marionette, drückte die Hände in seinen Schoß, machte allerhand Anstalten, damit er nicht vor aller Augen lospinkeln musste. Schließlich lief er zur Tür und wollte fliehen. Sie brüllte und rannte ihm hinterher. Sie packte ihn an den Haaren, zog ihn wieder dahin, wo er vorher gestanden hatte, und befahl ihm, stehen zu bleiben. Dann wendete sie sich wieder dem Unterricht zu, als sei nichts geschehen.

Der Junge war völlig verängstigt. Seine Hose färbte sich dunkel. Sie beachtete ihn nicht mehr. Sie hatte ein Exempel an ihm statuiert, eine erste, wirkliche Machtdemonstration. Jetzt hatte hoffentlich jeder kapiert, was die Stunde geschlagen hatte.

Immerhin war sie dadurch von mir abgelenkt und achtete kurz nicht darauf, ob ich mit der richtigen Hand schrieb. Bettina mit ihren hinter den großen, ungewohnt dicken Brillengläsern schwimmenden Augen drehte sich zu mir um und sah mich an.

Ich versuchte mir vorzustellen, wie es für den Jungen da vorne war: die klamme Kälte, der Geruch, der zwischen seinen Beinen aufstieg.

Schwämme, Schulbücher, kleine Hefte lagen auf den von der Sonne beschienenen Pulten herum. Es war still. Alle schrieben. Und Frau Heidrich versank offenbar in eine tiefe Selbstvergessenheit, ging zum Fenster und sah hinaus auf die Felder. Sie schnaufte, sie hinkte ein klein wenig. Sie benahm sich, als wäre niemand da außer ihr.

Sie setzte sich an ihr Pult. Vollkommen schamlos kratzte sie sich, breitbeinig sitzend, an ihrer bandagierten Wade. Wir waren gar nicht da, waren nur Schemen für sie.

Das Gros der Schüler krakelte mit gesenkten Köpfen in die Hefte, um nicht aufzufallen. Das allgemeine, leise Gemurmel dabei wirkte einschläfernd.

Dann stand sie auf und lenkte ihre Schritte in meine

Richtung. Es kam vollkommen überraschend. Sie riss mir den Stift aus der linken Hand und drückte ihn mir in die rechte.

Sie sagte: »Du hast einen schlechten Charakter!«

Am nächsten Tag ertappte sie mich wieder dabei, wie ich mit links schrieb. Sie kam mit dem großen Tafellappen, mit dem sie immer die Kreide abwischte, auf mich zu, baute sich vor mir auf und befahl mir, ihr die linke Hand hinzuhalten. Zwischen ihre Lippen hatte sie zwei Stecknadeln geklemmt. Da ich nicht sofort reagierte, packte sie meine Hand und fing an, den Tafellappen um sie zu wickeln. Ich versuchte, ihr die Hand zu entreißen und zu entkommen, aber sie erwischte mich am Arm und drückte mich mit aller Gewalt auf den Boden. Schnaufend hockte sie sich auf mich. Mir wurde übel von ihrem Geruch, ihr Gewicht erdrückte mich fast. Sie presste ihre Knie auf meine Arme und schaffte es schließlich, mir die Hand abzubinden. Sie erhob sich schwerfällig von mir und befahl mir, mich wieder hinzusetzen. Ich hockte mich, vollkommen benommen, zurück auf die Schulbank. Sie drückte mir den Bleistift in die rechte Hand und forderte mich auf zu schreiben. Dabei schrie sie mir die Buchstaben, die ich schreiben sollte, ins Ohr. »O«, schrie sie. »A.« Ich führte den Bleistift mit rechts, so gut es ging. Ich geriet ins Schwitzen, weil es so anstrengend war, und hielt bald darauf inne, weil ich nicht mehr konnte. Jetzt schrie sie, dass sie die Geduld mit mir verliere. Sie schob mich zur Seite und setzte sich so eng neben mich, dass ich ihre Fleischmassen spürte. Sie legte ihren linken Arm um mich und drückte mich an sich, damit ich nicht ausreißen konnte. Sie packte meine rechte Hand und führte sie gewaltsam über das Papier. Die rechte Hand, darin lag der Fehler, wollte immer größere Krakel malen; sie zwang sie,

sie klein zu halten, damit sie auf die Linien passten; ihre Hand lag auf meiner Hand und bedeckte sie wie ein riesiges, lebloses weißes Weichtier. Es war ekelhaft. Sie ragte aus diesem breiten Knochenbau, dieser Pyramide aus Fleisch und riesigen Knochen, die sich zum Kopf hin verjüngte. Den Stift führte sie mechanisch, gewaltsam, mit immer mehr Druck, bis die Spitze abbrach. Dann nahm sie den nächsten Stift, drückte ihn mir in die Hand. Der gleiche Vorgang wiederholte sich. Mir wurde schwindelig. Sie erdrückte mich. Die Buchstaben verschwammen. Ich ging in eine Art von Trance hinein, ließ alles mit mir machen.

Schließlich ließ sie den Stift los, brüllte wieder: »A!!« »B!!« Ich sollte allein weitermachen. Die Krakel wurden sofort wieder größer, riesig, sie verteilten sich über das ganze Blatt.

Sie schrie. Sie stieß einen unartikulierten Laut aus, Speichel traf mich. Es war ein Aufschrei der Überraschung und der Frustration, weil es ihr immer noch nicht gelungen war, mich, meine rechte Hand, in der mein Ich zum Ausdruck kam, zu bändigen.

Sie stieß mich von sich, sprang auf, zeigte mit dem Finger auf mich, schnaubte, ich sei aufsässig, aber das werde sie mir schon austreiben.

Am nächsten Tag ging es von vorne los. Ich hatte mir vorgenommen, ihr zu sagen, dass ich mich bemühen wolle, mit rechts zu schreiben, auch wenn es mir schwerfalle, aber dazu kam ich nicht.

Die grobschlächtige Gewalttätigkeit, mit der sie angewalzt kam, ihr verzerrtes Gesicht, ihr Gestank, die Spucke, die mir ins Gesicht flog, als sie schrie: »Schreiben!! A!! B!!«, machten es mir unmöglich. Ich hielt inne und blickte zu ihr hoch, zu ihrem Felsengesicht mit den zusammengekniffenen Augen, dem verkniffenen Mund, der von einem riesigen Kinn überragt wurde, und merkte, dass es keinen Sinn hatte. Das ist Macht, dachte ich später, und das, was ich fühlte, Ohnmacht.

Zitternd vor Wut, weil ich nicht gleich gehorcht hatte, band sie mir wieder die Hand ab und wiederholte mit schneidender Stimme ihren Befehl: »A!!« »B!!« »A!!« »B!!«

Diesmal würde es schlimmer ausgehen. Diesmal würde sie nicht mehr Gnade vor Recht walten lassen. Ich setzte den Stift an und versuchte dem üblichen Problem mit der Rechten entgegenzuarbeiten, was ungeheuer anstrengend war. Der Stift legte nur die halbe Wegstrecke des A zurück. Um zu verhindern, dass er nach oben hin auszieht, um die ersehnte Freiheit zu erlangen, drückte ich ihn so fest auf das Papier, dass die Spitze abbrach. Ich schwitzte am ganzen Körper bei dieser winzigen Übung. Ich pausierte, weil ich bereits nicht mehr konnte. Erschöpft und geschlagen ließ ich den Stift fallen. Es folgte die Einverleibung wie am vorangegangenen Tag. Sie schob sich neben mich auf den Stuhl, legte ihren riesigen Wurstarm um meine Schulter, drückte mich an sich und führte meine rechte Hand. Allmählich schien es ihr zu gelingen, mich in ihre schweren Körpermassen zu absorbieren, bis ich nur noch ein Teil von ihr war. Ich spürte nichts mehr, meine Gedanken gerieten ins Schwimmen. Ich konnte den Gestank wieder riechen, der ihren Kleidern entströmte, und ihn nun besser identifizieren. Es war ein Geruch von modrigem Stoff, wie er in feuchten Wischlappen hängt. Ich empfand kaum noch Ekel dabei, ja, ich würde mich wohl langsam an ihn gewöhnen müssen, und ich versuchte, ihn nur in kleinen Portionen einzuatmen. Ich war bereit, unser trauriges, gegenseitiges Verhältnis einzugehen, indem ich meinen Lebensgeist aufgab und mich von ihr langsam auffressen ließ, von ihrem Geruch, von ihrer Physis, von ihrer Macht. Während ich durch all diese Gedanken abgelenkt wurde, merkte sie, dass ich unaufmerksam war, und verlieh ihrem Unwillen dadurch Ausdruck, dass sie brachial auf meine Handwurzel drückte. Ich schrie auf vor Schmerz, wollte ihr die Hand entziehen. Es entspann sich ein stummer Kampf. Sie war viel stärker als ich. Auf einmal drückte sie mit aller Gewalt zu, wie ein Schraubstock, immer fester. Ich brüllte. Mit der einen Hand versuchte sie nun, mir einen zweiten Tafellappen als Knebel in den Mund zu stopfen. Er war voller Kreide, ein dumpfer Geruch, der mir den Atem nahm. Ich würgte, versuchte, ihn auszuspucken. Ich hatte Angst zu ersticken. Ich blickte mich Hilfe suchend in der Klasse um, guckte zu den anderen. Sie schrie: »A!!« »B!!« Sofort senkten alle ihre Köpfe über ihre Hefte und schrieben weiter, als fände dieser stumme, verzweifelte Kampf gar nicht statt. Schließlich gelang es mir, den Tafellappen auszuspucken. Ich biss ihr ins Handgelenk.

Sie ließ meine Hand sofort los und versuchte, mich abzuschütteln. Ich vergrub meine Zähne so stark in ihrem Handgelenk, bis Blut an den Rändern meiner Zähne austrat. Nun war sie es, die schrie.

Ich merkte, wie der Biss meinen Hass löste, und ich dachte: »Nein, jetzt noch nicht loslassen! Du musst weiterbeißen, bis du sie besiegt hast!« Ich war völlig enthemmt, ich wollte sie zerfleischen, ich verspürte auf einmal eine große Gier nach Rache, biss immer fester zu. Sie schlug auf mich ein, aber ich hatte mich festgebissen und ließ nicht mehr los. Sie erhob sich. Die Riesin begann sich um die eigene Achse zu drehen. Während ich mit meinem Gebiss an ihrem Arm hing, versuchte sie mich mit dem

Kopf gegen die Wand zu schleudern. Einmal, zweimal schlug mein Kopf dagegen. Mir wurde schwarz vor Augen. Mein Kiefer krachte auseinander, und ich ging zu Boden. Ihre wuchtigen, keulenförmigen Waden standen breitbeinig vor mir. Ich hörte sie vor Schmerz und Wut laut wimmern. Ich nutzte den Moment und trat ihr mit voller Wucht gegen ihr kaputtes Knie. Sie heulte auf. Ich hatte sie genau an der richtigen Stelle getroffen. Dieser Punkt ging an mich. Abgestumpft wie ein Stück Schlachtvieh, aus vollem Hals schnaufend, hockte sie sich breitbeinig hin. Sie war nun selber ein Mensch, eine erbärmliche Kreatur.

Ich verließ taumelnd das Klassenzimmer. Lehrjahre sind keine Herrenjahre, pflegte mein Vater immer zu sagen.

Die Schlammschlacht war ausgestanden. Ich ging nicht mehr in die Schule. Niemand bezeugte den Vorfall. Die Angst der Kinder und die Obrigkeitshörigkeit der Eltern waren viel zu groß. Für Bauern- und Siedlerkinder gab es keine Lobby.

Frau Heidrich durfte weiterhin ihres Amtes walten. Sie galt allgemein als Institution, über jeden Verdacht und Zweifel erhaben. Man war damals noch einverstanden mit der Prügelstrafe und hielt sie für ein probates Mittel, um »Querulanten« zu züchtigen. Solche, wie wir es waren. Wir waren ja wie Tiere und als solche auch zu behandeln. Daran hatte sich seit den Dreißigerjahren in dieser Gegend nichts geändert. Die zarten Seelen wurden mit einem Handstreich zu Untertanen gemacht. Bettina hatte diese Metamorphose schon am ersten Schultag hinter sich gebracht. Man hatte sie in einen Zombie verwandelt. Ich war ihr schlechtes Gewissen, eine Art Über-Ich. Immer, wenn wir uns zufällig über die weite Distanz zwischen unseren Grundstücken sahen, ergriff sie die Flucht.

Jeden Morgen verfolgte ich von meinem Fenster aus den Gänsemarsch der Kinder über den Schotterweg hinunter zur Schule. Eines Tages würden sie zur Schlachtbank geführt werden.

Wenige Tage nach diesem Vorfall tauchte zu meiner großen Erleichterung unser Anführer von damals, Rainer, an der Wegkreuzung auf. Er verströmte wie immer eine scheue, zurückhaltende Zuversicht. Sein versöhnliches, erwachsenes Lächeln war wie immer Balsam für mich. Wir gingen in alter Manier, indem er mir eine Hand auf die Schulter legte, schweigend ein Stück des Wegs. Behrend hatte ihn und seinen Bruder Michael von der Schule genommen, ohne nähere Gründe zu nennen, und gab ihnen zu Hause den nötigen Unterricht.

Wenn ich jedoch geglaubt hatte, wieder in das große Vergnügen zu kommen, dass unsere jungen Seelen gemeinsam von Herrn Behrend zur Form und Schönheit erzogen würden, wie das schon einmal der Fall gewesen war, so wurde ich bald in meinen Hoffnungen enttäuscht. Der Gong von Behrends Terrasse, die Freiheitsglocke, schlug nicht mehr.

Behrend unterrichtete nur seine beiden Söhne.

Solcherart alleingelassen und heimatlos, strich ich zwischen den Baugruben herum, mit meiner Zukunftsangst, die man mir eingetrichtert hatte. »Analphabet« war auf meine Stirn geschrieben. Das ganze Land schien in strömendem Regen zu versinken, wie damals im Herbst des Jahres 1963, als ich auf die Hut gezogen war. Ich geriet zum ersten Mal in einen Zustand der Erstarrung und Katatonie.

Ich blieb oft bis spät in den Abend hinein in den nach

Feuchtigkeit und Zement riechenden Räumen der Rohbauten auf dem nackten Boden sitzen und blickte, von allen guten Geistern verlassen, durch jene für die Fenster vorgesehenen Löcher in den Schamottesteinen hinaus in den unablässig fallenden Regen, der in langen Fäden auf den nackten Lehm prasselte. Der Regen drang in meine leeren Augenhöhlen ein, er lief durch meine Atemwege und sammelte sich in dem Becken auf dem Grund meiner Seele, das verkarstet und von tiefen Rissen durchzogen war. Der Regen hypnotisierte mich. Durch ihn hindurch konnte ich ins Vage, ins Ungewisse, ins Gestaltlose blicken. Wenn sein Rauschen, die Kälte, die Feuchtigkeit vollkommen in mich eingedrungen waren, hatte ich das Gefühl, meinen Körper abwerfen zu können wie ein lästiges Kleidungsstück und aufzusteigen wie der Raumfahrer von *Solaris*, der seinen Geist, unabhängig von der Materie, auf einer Metaebene steuern konnte, über alle Abgründe hinweg. Ich versetzte mich dann mit maximaler Konzentration in jenen Zustand der letzten beiden Jahre 1964 und 1965 zurück, in denen ich glücklich und unbeschwert gewesen war. Kein Härchen durfte sich dabei auf meinem Körper bewegen. Ich erstarrte in einer absoluten Reglosigkeit.

Ich verbarg mich, bis schließlich alle ihre Häuser verließen und nach mir suchten und laut meinen Namen riefen, mit Taschenlampen bewaffnet, die Wiesen nach mir absuchten. Wenn sie mich schließlich fanden, schlugen sie vor Wut, vor Angst, vor Ohnmacht auf mich ein. Sie hatten kein Verständnis mehr; sie wussten nicht mehr, was mit mir los war, und das machte ihnen Angst. Ich wollte nicht mehr in die Enge der kleinen Häuser zurück, sondern klammerte mich mit Krallen und Zähnen am Zement fest, wenn sie versuchten, mich wegzuzerren. Ich schuf eine große Unruhe durch das, was ich tat. In ihrer Hilflosigkeit suchten meine Eltern Rat in der Gemeindeverwaltung. Irgendwann kamen Männer von der Schulbehörde in unser Wohnzimmer und sprachen mit ernsten Mienen von den Möglichkeiten, die es noch gab. Von der Hilfsschule war die Rede und vom Heim für schwer erziehbare Kinder. Ich höre bis heute ihr stumpfsinniges, nicht enden wollendes Gebrabbel, das sich in meinen Ohren festgesetzt hat, während ich hinter verschlossener Tür lauschte. Dann waren sie plötzlich verschwunden, auf Nimmerwiedersehen.

Ich versank in einem Sumpf aus Traurigkeit. Es wurde so schlimm, dass die Außenwelt nicht mehr in meinen Kopf hineinging. Erst sah ich alles wie in Zeitlupe durch den zähen Brei des Raums kriechen. Dann löste sich alles auf zu bizarren Flecken und hässlichen Fratzen, wovon eine das Gesicht meiner Mutter war, die mich scheel durch die Scheibe des Küchenfensters anstarrte, wenn ich unter den kahlen Wäscheleinen auf dem kleinen Rasengeviert unterhalb unserer Veranda im Regen im Kreis ging, mal im Uhrzeigersinn, mal gegen den Uhrzeigersinn, um all die Dinge, die in ständigem Widerstreit miteinander lagen, zwanghaft gegeneinander abzugleichen.

Die anderen Fratzen waren der bizarre Trupp der im Gänsemarsch gehenden Kinder, die ich nicht wiedererkannte, wenn sie in der Entfernung an mir vorbeigingen. Ihre Gesichter waren sinnbildhaft verzerrt, mutiert zu kleinen Kobolden und Dämonen, wie ich sie von Grünewalds Kreuzigung kannte.

Isolierung

Erst viel später begriff ich, was Behrend damit angerichtet hatte, uns ausgerechnet jene Autoren vorzusetzen, die nicht nur das sprachliche Wertesystem der Gesellschaft vollkommen auf den Kopf stellten, sondern im Grunde an der gesamten religiösen Weltordnung zweifelten, an der Güte, an der Erlösung, die dem bürgerlichen System Vertrauen und Zuversicht gegeben hatte. Und dass die literarischen Werke, die er uns vorlas, in einem krassen, dialektischen Gegensatz zu den religiösen Werken standen, die er uns in der Pinakothek gezeigt und erklärt hatte. Dass er unser Unterbewusstsein einem kompletten Wechselbad der Gefühle ausgeliefert hatte, von dem wir uns nie wieder erholen würden. Auch die klassische Musik mit ihren Harmonien, in denen wir uns so wohlgefühlt hatten, die *Eroica*, die Fünfte und vor allem die Neunte, hatte er durch Komponisten wie Stockhausen und Henze konterkariert.

Nun, wo er sich vor uns die meiste Zeit in sein Arbeitszimmer zurückzog, um *Solaris* von Lem aus dem Polnischen zu übersetzen, und mich kaum noch an sich heranließ, hatte ich keinen Bestimmungsort mehr.

Ich, der ich, unbelehrbar, weiterhin aufgeregt angerannt kam, wenn ich ihn sah, immer noch in der Hoffnung auf weiteren Unterricht in seinem Garten, wurde nun mit einem knappen Kopfnicken und einer versteinerten Miene abgespeist, bevor er die Verandatür hinter sich schloss. Doch manchmal, wenn ich mich auf meinem Rückzug immer wieder nach ihm umdrehte, meiner Schlüsselfigur, dann spürte ich, dass er mir nachsah – und lächelte. Die Gründe, weshalb er mich verstieß, waren mir rätselhaft. Erst viel später begriff ich, dass er sich aus Notwehr hinter dieser harten Fassade verschanzte. Er hatte genug mit seinen Söhnen und mit seinem Leben zu tun.

Meist hörte Behrend nun den *Tristan* von Henze. Ich lauschte, während ich draußen vor seinem Haus saß und wartete.

Dieses aufwühlende Klanggebilde, das einer Schlangengrube gleicht, dessen Spannungsaufbau an das sich immer mehr hochschaukelnde Motiv von Wagners *Tristan und Isolde* erinnert, setzt, »on the highest peek«, plötzlich aus, und man hört im sogenannten Herzstück der Symphonie einen durch technische Geräte amplifizierten Herz-Rhythmus, der von grellen Tönen aus der Intensivmedizin überlagert wird. Dann setzt die kalte, klare Kinderstimme des Tristan ein, ein Sprechgesang in einem perfekten Cockney-Englisch, der so hold und engelhaft ist, wie ich seinesgleichen noch nie gehört hatte. Dieser Abgesang, der von mir selbst zu erzählen schien, berührte mich tief, und ich hätte stundenlang in meiner Einsamkeit mit ihm Zwiesprache halten können. Doch dann hört er abrupt auf, genau wie das durch die Amplitude verstärkte Herzklopfen. Es wird totenstill.

(Ich bildete mir immer ein, dass der Tristan auf der Intensivstation lag, verdrahtet und verkabelt, dass sein Herz immer heftiger schlug und dann plötzlich stehen blieb; wie das bleiche Kind leblos zwischen Nachtlicht und Draht lag. Sein helles, klares Lied, seine Totenklage war verstummt, und nichts blieb übrig von der Welt.) Bis nach dieser gedehnten, tödlichen Stille aus dem Nichts mit ungeheurer Wucht ein Sturm der Empörung losbricht, ausgelöst durch die verschiedenen Orchesterteile, die diesen schrecklichen Tod rächen wollen und Krieg gegeneinander führen. Alles geht im Chaos und der gegenseitigen Zerstörung unter. Diese Musik spielte auf dem Terror meiner Angst, und Behrend kam mir auf einmal vor wie jemand, der mich absichtlich verstören und in den Wahnsinn treiben wollte. Der *Tristan* verfolgte mich bis tief in meine Träume hinein – mit seinem Herzklopfen und seiner klaren, geisterhaften Kinderstimme.

Als ich Rainer einmal fragte, woran sein Vater nächtelang arbeitete, erzählte er mir, dass er an der Übersetzung eines Romans namens *Solaris* sitze.

Solaris sei ein Planet außerhalb unseres Sonnensystems, dessen gesamte Oberfläche aus einem gewaltigen Ozean bestehe, der bei den Forschern, die ihn beobachteten, den Verdacht errege, es handle sich um ein Gehirn, das unsere Träume und Gedanken lesen und in Materie umsetzen könne, sodass wir eine Zeit lang in der Illusion leben könnten, unsere Träume und Wünsche seien wahr geworden.

Der Ozean rechne dabei riesige Datenmengen hoch, die sich zu Domen, Kathedralen in Form von Wellenbergen auftürmten, einzig, um unsere Projektionen zu erschaffen.

Doch irgendwann, durch ein Rätsel, das wohl nie geklärt werden würde, zöge er seine riesigen Tentakel wieder aus der Tiefe unserer Gehirne zurück und überließe uns den Trümmern unserer Illusionen, unserem Wahnsinn und unserer Angst.

Der Autor sprach nicht über die Gründe des Ozeans, weil zweifelhaft blieb, ob dieser überhaupt jemals mit menschlichen Erfahrungen abzugleichen war, ob er überhaupt so etwas wie eine Psyche oder ein Gewissen besaß. Jeder Rückschluss von uns, der Menschheit, auf dieses Gebilde, musste immer fehlerhaft und beschränkt bleiben wie unsere Spezies selbst.

Behrend mutmaßte aus seinem alten Sarkasmus heraus, dass Lem wohl glaubte, dass wir, die menschliche Spezies, es einfach nicht verdient hatten, uns Illusionen zu machen. So einfach war das.

Wir, die Behrendschüler, glaubten, die ersten friedlichen Jahre zwischen 1963 und 1965 wie die Forscher auf Solaris von einer Illusion geblendet worden zu sein. Dabei war die Hut unser Ozean, das weiche, im Regen schillernde Gebilde der tiefen Lehmmassen, in denen wir selbstvergessen immer tiefer versucht hatten, uns selbst zu erforschen, indem wir in die Grube hinuntergestiegen sind und uns in unser eigenes Gehirn und Gedächtnis hineingegraben haben, bis es uns gelungen war, die Wirklichkeit oder Realität oder wie auch immer man das nennen wollte, vollständig auszublenden.

Als Behrend wenig später für Wochen auf einen Fortbildungskurs seiner Firma musste (er hatte in seinem Brotberuf vom Vertreter für Düngemittel auf Agraringenieur umgesattelt, eine Strapaze mit Abendkursen, die er klaglos hinnahm und die nicht im Geringsten seine Leidenschaft für die Literatur beeinträchtigte), hatte ich die Behrendbrüder Rainer und Michael wieder für mich, und wir waren nun, zusammen mit den versprengten Bauernjungen und dem sabbernden Holger mit seiner Lernschwäche, wieder eine eingeschworene Gemeinschaft.

Wir hockten vor Behrends Garage auf dem Boden

und konferierten darüber, was bisher geschehen war und was nun zu tun sei, und kamen nach kurzer Zeit zu dem Schluss, dass es für uns wohl das Beste wäre, wieder in die Grube zurückzukehren, um von dort einen wie auch immer gearteten Neuanfang zu starten.

So begannen wir wieder im Gleichklang Lehm hochzuschaufeln, als wären wir Figuren aus dem *Molloy*. Während wir also zu Anfang in unserer Trostlosigkeit Lem simulierten, simulierten wir nun Beckett. So wurden wir schon in frühen Jahren zu Kunstfiguren. Nahmen wir die Gestalt dieser Kunstfiguren an, so machte uns das Leben mit all seinen Kniffligkeiten und Zumutungen überhaupt nichts mehr aus, im Gegenteil, wir triumphierten darüber. Aus dem Verschleiß, der aus diesem Widerspruch entstand, entwickelte sich der Abrieb unseres schwarzen Humors, mit dem wir die Suppe des Lebens nun würzen konnten, um sie uns schmackhaft zu machen. Wir nahmen die Wirklichkeit und zerrissen sie wie einen schlechten Roman.

Die ganzen Achtzigerjahre, die erste Freiheit, die wir genossen, waren eine einzige Episode der Autoaggression. (Die Todesursache von Rainer auf der Bohrinsel wurde nie zu hundert Prozent aufgeklärt.)

Schon mit dem Abschluss der ersten Klasse äußerten die Beckerkinder den Wunsch, eine Lehre in der Kreissparkasse zu machen, ein Haus zu bauen und eine Familie zu gründen. Uns hatte Behrend für solche Wünsche vollkommen unbrauchbar gemacht. Wir waren zu diesem Zeitpunkt schon bereit, alles der Kunst zu opfern.

In der Mitte des zweiten Halbjahrs 1966 traten wir in den Hungerstreik. Wir verlangten, dass der Staat seine Marionetten, von denen wir uns überall beobachtet fühlten, abzog und man es endlich aufgab, sich um unsere Zukunft die Köpfe zu zerbrechen. Der Hungerstreik dauerte etwa zwei Wochen. Da endlich gaben die Helfershelfer des Freistaats Bayern auf und verflüchtigten sich endgültig wieder zurück in ihr Schulsystem. Nur ein Paar Badelatschen blieb von einem von ihnen zurück. Mein Bewusstsein in späteren Depressionen zog sich die Badelatschen an, um sich die Füße nicht zu verbrennen, wenn es später auf dem ausgebrannten Grund der Wüste innerhalb meines Kopfes würde umherirren müssen.

Das weiße Blatt Papier

Wir waren vierzehn, fünfzehn Jahre alt in jenen großen Ferien, als ich zu Besuch auf der Hut war. Eine ungeheure Müdigkeit, ein ungeheures Verrottetsein, ein ungeheurer Druck lastete auf einem: Das war die künstlerische Arbeit in weiten Teilen. Eine komatöse Angelegenheit. Eine Täuschung. Man konnte nicht schreiben, obwohl oder weil man eines Tages alles auf das Schreiben gesetzt hatte. Dabei hatte alles ganz gut angefangen. Manchmal, in einer bestimmten Stimmung, war das eine oder andere Gedicht gelungen. Aber diese Prozesse waren nicht herstellbar. Sie kamen und gingen, wie sie wollten, ohne dass man den geringsten Einfluss darauf hatte. Im Grunde hatten wir, nachdem wir die Gedichte geschrieben hatten, das Gefühl, wir hätten sie gar nicht selbst geschrieben, sondern ein Etwas, einem Energiefeld vergleichbar, einem Gewitter, hätte sich am Horizont unseres Gehirns zusammengeballt und die Sätze auf uns herunterregnen lassen.

Diese sogenannten »gelungenen« Gedichte, die auf uns niederhagelten, handelten meist vom Tod oder der Vergänglichkeit. Dass wir so genau wussten, was Vergänglichkeit war, setzte selbst Behrend in Erstaunen. Bei allem, was wir taten, bei allem, was wir beobachteten, mussten wir sie seit jeher im Auge gehabt haben.

Es waren meistens Naturgedichte. Wir klammerten uns mit einer kitschigen, naiven Sentimentalität an die Dinge, die wir kannten, und erhöhten sie zu Symbolen.

Offenbar waren wir von Verlustängsten geprägt, denn all diese Dinge waren für uns, anders als für die anderen, keine Selbstverständlichkeit. Für die Beckerkinder war alles eine Selbstverständlichkeit, für uns hingegen nichts. Wir schienen zu erkennen, dass unsere Welt nicht wirklich stabil war und dass wir nicht mit den Gewissheiten leben konnten, mit denen die Beckerkinder lebten. Deshalb würden die Beckerkinder auch nie Gedichte schreiben können, wir aber schon.

(Die besseren unserer Gedichte handelten von symbolischen Gesten, wie der, als Behrend 1963 grimmig seinen Schaukelstuhl in sein vom Grundwasser überschwemmtes Wohnzimmer gerammt und sich in ihn hineingeworfen hatte, als Symbol seines Widerstands gegen die allgemeine Mutlosigkeit, die uns damals ergriffen hatte, als der Regen dabei war, uns zu ruinieren.)

Meist waren wir überhaupt nicht darauf vorbereitet, ein Gedicht zu schreiben. Sie entstanden oft nachmittags, wenn Ruhe eingekehrt war und wir allein im Wohnzimmer saßen. Wir hockten einfach nur am Tisch und sinnierten vor uns hin. In unserem Blickfeld war eine Tischkante aus dunklem Holz, ein Stück von der geweißten Wand, ein Stück Teppich, ein unscheinbarer Glücksmoment huschte an uns vorbei. Wir wussten nicht, woher er kam und wohin er ging, er hatte uns nur kurz berührt – und wir wollten ihn festhalten. Wir wurden auf einmal ganz still. In uns begann sich ein merkwürdiger Vorgang zu regen, nämlich Sprache. Sprache kannten wir, Sprache hatten wir von Behrend gelernt.

Wir verharrten in einer großen Ruhe und gleichzeitig in einer großen inneren Anspannung. Oft war es nur eine Regung in unserem Innern, der wir so andächtig lauschten, ein Impuls, den wir aufgreifen mussten, um schreiben zu können.

Wenn es dann losging und die Worte aus unserer Feder flossen, war dies eine ungeheure Erfahrung, ein unheimlicher, geheimnisvoller Prozess, dem wir uns vollständig überließen, bis am Ende wie durch ein Wunder tatsächlich ein fertiges Gedicht auf dem weißen Blatt Papier stand. Wir hockten dann da, noch ganz erschüttert. Jahrhunderte waren vergangen, und allmählich erst kehrten die Dinge wieder zurück, die Tischkante aus dunklem Holz, die weiß getünchte Wand, der Nachmittag im abnehmenden Licht.

Langsam regten wir unsere Glieder und sahen uns um, ob alles noch am Platz war. Und dann kam meist halb verschlafen irgendjemand herein und fragte, warum wir so allein hier am Tisch säßen und ob wir nicht etwas Besseres zu tun hätten, als den ganzen Tag vor uns hin zu träumen.

Dann gingen wir langsamen Schritts über den Trampelpfad zu Behrend hinüber, sehr aufgeregt, was er sagen würde. Er nahm das bekritzelte Papier zur Hand, hob es kurzsichtig zum Licht und las ruhig und aufmerksam. Und wenn er dann mit dem Kopf nickte und sagte, das sei schon ziemlich beachtlich, gerieten wir außer uns vor Freude.

Ab jetzt versuchten wir jeden Nachmittag, die Stille auszukosten, und setzten uns an den Tisch. Wir hatten einen Stift vor uns liegen und ein weißes Blatt Papier. Aber das Wichtigste hatten wir vergessen: die Selbstlosigkeit, die die Voraussetzung für Sprache war. So hockten wir umsonst und blöd herum, und uns fiel nichts ein.

Das war ein schrecklich deprimierender Zustand. Wir machten alle Fehler, die wir machen konnten: Wir versuchten es mit Gewalt. Aber wer konnte schon der Sprache mit einem Bulldozer auf den Leib rücken. Die Zeit verging. Wir plagten uns wieder mit den Problemen der Normalsterblichen, taten dies und das – und eines unvorhergesehenen Moments der Selbstverlorenheit geschah es dann wieder: Wir wurden erfasst und schrieben ein Gedicht.

So gelang es uns in dem Zeitraum von sechs Wochen, fünf, sechs, laut Behrend »große« Gedichte zu schreiben. Den erhofften Ruhm, den uns diese Gedichte eines Tages einbringen sollten, betrachteten wir als Entschädigung für das gesamte Elend unseres Daseins.

Behrend meinte, dass die strenge Größe und die Genauigkeit der Metaphern, die wir bereits erreicht hatten, dem Umstand zu verdanken war, dass wir das Gefühl der Zugehörigkeit nie gekannt hatten. Und dass es offenbar einen dunklen Fleck in unserer Vergangenheit gab, eine Art dunkler Sonne, von der wir zehrten und die unseren Gedichten jene todessüchtige Romantik verlieh, wie wir sie von den Gedichten Poes und Georges kannten, die er immer wieder vor uns rezitiert hatte.

Wir warteten förmlich darauf, bald wieder vor dem großen Bücherregal in Behrends »Bibliothek« zu stehen und durch Handauflegen auf unseren Kopf die Weihe entgegenzunehmen. Behrend war, im Rückblick betrachtet, verstiegen und provinziell genug, in uns eine neue Generation von »Dichterfürsten aus dem Fränkischen« zu sehen. Er hatte uns eine Weile diesen Floh ins Ohr gesetzt; wir glaubten tatsächlich daran, dass zwischen uns und Gottfried Benn »kein Blatt« passen würde. Er trug sich eine Zeit lang mit dem Gedanken, mit einer Heimpresse im Selbstverlag ein schmales Bändchen von uns herauszubringen und dieses in den regionalen Buchhandlungen auszulegen und an Kulturredaktionen zu schicken, mit dem Hinweis, dass die Dichter erst vierzehn Jahre alt seien, aber bereits den Rang einer Bachmann oder eines Celan erreicht hätten. Bezeichnenderweise kam von unserer Seite ab da nichts mehr, was diesen Vorsatz auch nur im Entferntesten gerechtfertigt hätte. Wir waren zu sehr unter Druck, zu sehr von unserer eigenen Bedeutung geblendet. Wir mühten uns und lieferten stümperhafte Versuche. Zu einem »Bändchen« würde es, wenn es so weiterginge, niemals reichen. Wir konnten uns die ganze Sache aus dem Kopf schlagen.

Wir waren keine Dichter mehr, sondern wieder ganz normale Idioten. Behrend verhalf uns zu Hilfsarbeiten in der Kleingärtnerei, wo wir beim Düngen und Begießen von Pflanzen helfen sollten, einer Arbeit, wie Behrend sagte, die angehenden Dichtern würdig sei, da man dabei nicht nachdenken müsse, aber wir erwiesen uns bald als unbrauchbar und faul und lungerten die meiste Zeit nur herum.

Wir diskutierten mit Behrend über weitere Vorgehensweisen, sagten, wir müssten in die Welt hinausgehen und etwas erleben, sonst könnten wir nicht mehr schreiben, aber Behrend, der dieses Dilemma schon kannte, winkte nur gelangweilt ab.

Da draußen, da würden wir nichts Brauchbares finden, sagte er verächtlich, das wäre nur verschwendete Zeit. Die Erdarbeiten, die wir im Sommer 1964 verrichtet hätten, wären elementar für die Metrik unserer frühen Gedichte gewesen, das wochenlange Hinaufschaufeln von Lehm. Die Welt da draußen hingegen wäre nur Blendwerk.

Selbst Celan habe auf die Frage, was er in der Internierung gemacht habe, gesagt: »Schaufeln, schaufeln«.

Er machte uns dann meist einen Brei aus Hirse, mit gekochten Karotten versetzt, den wir schweigend in der Abenddämmerung aßen. Wir könnten uns gern als etwas Besseres fühlen, sagte er, und denken, dass wir weit über die Menschheit erhaben seien, aber das würde uns am Ende auch nicht weiterbringen. Jugendlicher Narzissmus, Selbstdarstellung, auf die komme es uns offenbar an, seit wir bewiesen hätten, dass wir schreiben können. Eitel seien wir geworden, und Eitelkeit und Narzissmus seien allenfalls dazu angetan, das Niveau so schlechter Verse zu erreichen, wie sie der Jugendstil hervorgebracht habe. Das sollten wir uns genau überlegen und einmal versuchen, unsere Meinung von uns zu revidieren und uns daran zu erinnern, wer wir eigentlich seien und wo wir herkämen. Gedichte seien eine Gnade und nichts, womit man sich mit seiner Eitelkeit brüsten sollte, sie seien ein rares, kostbares Geschenk. Eine Gabe, für die wir – und jetzt gebrauchte er das verhasste Wort – dankbar zu sein hatten.

Wir würden, wie in einem Steinbruch, unser ganzes Leben damit beschäftigt sein, aus der Scheiße unseres Lebens Gold zu machen. Dafür brauche man eine große geistige Freiheit. Woher wir die hätten, sei angesichts der Bedingungen, unter denen wir aufgewachsen waren, rätselhaft. Geistige Freiheit sei für uns eigentlich nicht vorgesehen gewesen. Jedenfalls führe diese Gemengelage – Scheiße – Freiheit – Gold – zu jenem der Fassbarkeit entzogenen Amalgam, aus dem wir Worte abzuschöpfen in der Lage seien wie Lehm aus der Grube in der Sommerhitze. Dass wir dies überhaupt getan hätten, uns eines Tages in die Grube hineinzubegeben, sei ja nur ein kleiner

Schritt vom Normalen weg gewesen, der die Mechanik des gewöhnlichen Lebens unterbrochen habe.

Mit welchem Stolz hätte er, Behrend, damals als Einziger am Rand, an der Peripherie seines Grundstücks gestanden und den Vorgang begriffen als den wichtigsten Schritt, den wir unternommen hätten, um den Landgang zu wagen, während all die anderen hier oben in ihrem dumpf brütenden Schicksal und ihrem völligen Desinteresse für Kultur für immer verharrt seien. Dieser unsichere Schritt, über schattige Abgründe hinweg, an einem noch kühlen, frühen Sommermorgen sei der Fußabdruck, den wir hinterlassen hätten. Dieser Fußabdruck zwischen Unkraut und rissiger Erde sei ein entscheidendes Dokument unserer Geschichte. Wir sollten uns immer merken, wie wir damals, nur mit einer Ahnung im Kopf, auf die Grube zugegangen seien, um im Lehm zu arbeiten. Das hätte mit einem Atemzug alles in unserem Leben verändert und unserem Hirn eine völlig andere Richtung gegeben. Dieser erste Schritt sei die Weichenstellung für eine völlig neue Kartographie unseres Kopfes gewesen. Wie viele Gedichte in einem Leben dabei zustande kämen, sei vollkommen unsicher. Die grausame Arbeit der Dichter bestehe darin, sich diesem ungewissen Schicksal, das einen hin und her beuteln würde, vollkommen auszuliefern, vor allem aber darin, die über weite Strecken existierende Unfähigkeit, überhaupt ein Wort zu Papier zu bringen, die viele, vor allem die großen Dichter, in den Alkoholismus, in den Wahnsinn und in den Selbstmord getrieben hätte, auszuhalten. »Es muss eine Unbedingtheit im eigenen Kopf sein«, sagte Behrend, »ein gewaltiger Trotz, eine permanente Totalverweigerung – und ein Trennungsschmerz, der einen ewig zerreißt.«

Das alles hätten wir ja. Was aber andererseits überhaupt

nichts bedeute. Da wir faul, selbstgenügsam und totale Volltrottel seien. Mit diesen Worten schickte er uns meistens nach Hause.

Wenn wir an einem unserer frühen Versuche, Prosa zu schreiben, verzweifelten, meinte Behrend, dass unser Schaffensprozess überhaupt nicht einschätzbar sei, da wir keine Gebrauchsliteratur schrieben, sondern aus dem magischen Bereich kämen.

Unsere Hauptaufgabe sei es, mit dem Thomas Mann'schen »trotzdem« zu leben, demzufolge alles Große, was gelungen sei, trotzdem gelungen sei: trotz Armut und Mangel, trotz engster Verhältnisse, trotz Krankheit, Fremdheit, Exil, Diaspora, trotz persönlichen Unglücks und ja – manchmal sogar dem Tod abgetrotzt sei. Dies, sagte Behrend, sei beileibe keine Heldengeschichte, sondern immer gleichzeitig eine Geschichte des Versagens, des menschlichen, des ökonomischen und auch künstlerischen Scheiterns, durch das man sich, quasi mit dem Messer zwischen den Zähnen, hindurchkämpfen müsse.

Ich war bereits vierundzwanzig, als ich die knapp zehnseitige Erzählung *Die Veranda* schrieb. Ich lebte damals in Berlin, wobei, von Leben konnte man irgendwie nicht mehr sprechen, sagen wir, ich trieb mich völlig verloren und ohne Ziel in Westberlin herum, ohne jede Hoffnung, jemals irgendwo Fuß zu fassen, geschweige denn einen bürgerlichen Beruf auszuüben. Ich hauste in einer Zweizimmerwohnung im zweiten Hinterhof mit Blick auf eine Brandmauer, und ohne dass es mir wirklich bewusst gewesen wäre, stand ich, im Nachhinein betrachtet, kurz davor, das Leben eines Obdachlosen zu führen, als mir eines Nachmittags, zu ebenjener Stunde, wo ich meine frühen Gedichte geschrieben hatte, *Die Veranda* einfiel und ich sie sofort niederschrieb. Während des Schreibens hatte ich die ganze Zeit eine Art Déjà-vu, in dem ich mich als mein junges Alter Ego an dem Tisch auf der Hut sitzen sah und nachdachte und schrieb. Es war, als würden diese beiden Situationen deckungsgleich werden, während mich mein Alter Ego nährte und ich der Parasit war. Ich schrieb so lange wie möglich, um meinen »Wirt« nicht zu verlieren. Ich weiß, das ist kein schönes Bild, aber ich war damals paranoid und hatte keine gute Meinung von mir. Ich wusste, solange ich schrieb, solange ich in das Leben, das ich einst geführt hatte, so intensiv abtauchen konnte, würde mir nichts passieren. Ich durfte nur nicht erwachen. Es hatte sich der gleiche, magische Mechanismus wieder in Gang gesetzt wie damals, die Worte strömten, und wie von selbst schrieb sich die Geschichte. Mir kam es vor, als hätte dieses Echo aus der fernen Zeit meiner Kindheit mich mit unglaublicher Präzision wieder eingeholt und als kehrte ich wie durch einen Bumerangeffekt über das gesamte Panorama meiner Kindheit wieder in meinen Kopf zurück; Ich versuchte, den Bumerang zu verlangsamen, einzelne Bilder zum Stillstand zu bringen, die besonders eindringlich waren, und ihn dann wieder, über Berge und Täler hinweg, in seinem Flug zu beschleunigen. Ich war der ausgesetzte Astronaut, der über dem Meer von Solaris seine erhabenen Kreise zog, nicht wissend, ob ich jemals wieder zurückkehren würde. Ich war der kleine Schlittenfahrer, der ich einst gewesen bin, der durch den weißen Tiefschnee in der Dämmerung fuhr bis hinab in die absolute, tödliche Stille und dabei den zweiten Satz der *Eroica* in seinem Blut rauschen hörte. Es war gigantisch und einzigartig. Ein absolutes Schlüsselerlebnis – und das Werk, das ich schrieb, ein Schlüsselwerk. Der euphorische Rauschzustand, den die Worte und Sätze auslösten, war wieder da. Ich schrieb mehrere Stunden, bis ich vollkommen erschöpft war und kaum noch die Hand vor meinen Augen sehen konnte, so dunkel war es im Zimmer geworden. Mir kam dieser Text wie eine Mahnung vor, mich an mich selbst zu erinnern, und mein altes Selbstbewusstsein als Dichter wiederzuerlangen. Mir war ganz klar, dass ich gezwungen war weiterzumachen, koste es, was es wolle. Es war ein Spiel auf Leben und Tod.

Ich schickte eine Kopie der Geschichte an Behrend, aber als ich oben auf der Hut ankam, um sein Urteil darüber zu hören, war alles desolat. Michael war gerade, sehr früh an Krebs erkrankt, gestorben; Rainer war nicht mehr im Haus. Behrend war alt geworden und taperte wie blind hinter seiner Frau im Haus umher, die schluchzte und weinte.

Ich ergriff schnell die Flucht und ging wieder nach Berlin. Die Geschichte, die ich geschrieben hatte, war ja sozusagen nur das erste Kapitel, der Auftakt. Ich musste sie nun vorantreiben, bis ein Roman daraus würde. Ich hatte insgeheim gehofft, eine Zeit lang oben auf der Hut bleiben zu können, aber meine früheren Schauplätze erkannte ich kaum wieder, unser Haus von damals gehörte nun anderen Leuten; man konnte nicht einmal mehr in das Innere des Gartens hineinschauen, so hoch und dicht, wie die Hecke bereits gewachsen war. Ich merkte, ich hatte einen Fehler gemacht. Ich hätte nicht hinfahren sollen. Als ich wieder in Berlin war und den Text las, stellte ich fest, dass er in einer sehr altertümlichen Sprache verfasst war, er klang wie ein George-Gedicht. Das kam mir seltsam vor. So hatte ich ihn beim Niederschreiben nicht empfunden. In einer Zeit, wo alle, die ich kannte, wie Burroughs schrieben, fiel dieser Text komplett aus der Zeit. Ich hätte ihn niemandem zeigen können außer Behrend. Gleichzeitig hatte ich das Gefühl, dass er vor meinen Augen zerfiel, zu Staub wurde, sich in Luft auflöste, als hätte ich mir nur eingebildet, ihn geschrieben zu haben. Ich spürte, wie die alten Selbstzweifel in mir hochkamen und wie ich, wenn ich nicht aufpasste, in eine schwere Depression geraten würde, die in einer existenziellen Notlage enden würde. Das waren keine guten Voraussetzungen für das Schreiben. Vielleicht hätte ich mir einen Job suchen sollen, der angemessen war; im »Fruchthof« in Moabit suchten sie immer Leute, die bereit waren, um vier Uhr morgens anzutreten, um für einen Stundenlohn von vier Mark Bananenkisten zu schleppen.

Ich fiel in eine Art Agonie. In einem Dämmerzustand lag ich, von meiner lähmenden Unfähigkeit niedergeschlagen, auf dem schmutzigen, staubigen Boden und ließ den Tag vergehen, viel zu schwer, um aufstehen zu können; und vorne, auf dem Schreibtisch, dem einzigen Möbelstück außer dem Bett, wartete das eingespannte weiße Blatt Papier in meiner kleinen Reiseschreibmaschine. Immer wieder war ich gescheitert, saß davor, um nach Stunden zusammenzusinken, ohne ein Wort geschrieben zu haben. Die stümperhaften Versuche, auch nur eine Zeile weiterzukommen, lagen zerknüllt auf dem Boden. Die kahlen, schmutzigen Wände der Wohnung, in die ich eingezogen war, ohne die Spuren des Vorgängers zu beseitigen – ich hatte sogar die wenigen Möbel von ihm übernommen –, rückten in der Dämmerung näher.

Wie ein Leichnam, der sich langsam auf dem Boden zersetzt, lag ich da. Ich spürte genau die Höhe, in der ich lag, die darunterliegenden leeren Stockwerke des alten, feuchten Gemäuers bis hinunter zum Keller, und merkte, wie ich langsam verfaulte. Mir war die genaue Lage meines Leichnams bewusst, ein ebenso körperliches wie astrales Gefühl. Das weiße Blatt Papier blieb alldem völlig gleichgültig gegenüber. Es war mein Leichenhemd.

»Quoth the Raven, ›Nevermore‹«, hörte ich es flüstern. Ich lag aufgebahrt und aufgebläht von der eigenen Dummheit und Unfähigkeit. In guten Momenten horchte ich ängstlich nach einem Anzeichen in meinem Kopf, das es gerechtfertigt hätte, zum weißen Blatt zu springen und ihm Rapport zu leisten. Dabei schliefen mir erst meine Hände und meine Füße ein, dann meine Arme und Beine. Auf den Ratschlag des Hausmeisters hin, der einen Nachschlüssel hatte, doch einmal nach draußen an die frische Luft zu gehen, konnte ich zu diesem Zeitpunkt bereits nicht mehr reagieren. Mein ganzes Sprachsystem war gelähmt, und ich fühlte mich, als hätte er, der Hausmeister, mir beide Beine abgeschnitten. Als er wieder weg war, die Wohnungstür mit einem lauten Krachen ins Schloss fallen ließ, versuchte ich, einen Arm mit dem anderen Arm anzuheben und ihn mit voller Wucht mit einem Handkantenschlag gegen die Oberschenkel zu führen, um sie zum Aufwachen zu bringen, aber es gelang mir zu diesem Zeitpunkt nicht einmal mehr, den kleinen Finger zu rühren. Weite Teile meines Gehirns schienen von einer ähnlichen Lähmung betroffen.

Einzig mein Schließmuskel funktionierte, denn etwas Warmes, Weiches, das die Konsistenz von Lehm hatte, quoll aus ihm heraus auf meinen hinteren Hoden und den Ansatz der Oberschenkel. Als ich in diesem Zustand, der eigentlich angenehm war, plötzlich an das weiße Blatt Papier denken musste, durchfuhr mich ein Schrecken, als erwachte ich mitten in der Nacht irgendwo am Ende der Welt und stellte fest, dass ich mich unzählige Stationen zu weit von meinem eigentlichen Bestimmungsort entfernt hatte.

Das Thomas Mann'sche »trotzdem« flackerte an der Decke auf und verschwand wieder, flackerte auf und verschwand. Dann meldete sich eine Art Tinnitus, ein unangenehmer Ton, der immer lauter wurde und an das Pfeifen eines kochenden Wasserkessels erinnerte.

Die Worte von Behrend, dass die entsetzlichen Qualen vor dem weißen Blatt Papier, die wir als so sinnlos erachteten, nur den Boden für unser schwieriges Handwerk schufen, kamen mir im Nachhinein vor wie blanker Hohn.

Und dennoch: Die ausweglose Lage zwang mich, zu begreifen, dass ich nur noch eine Chance hatte, um den Weg zurück in die Welt zu schaffen, und das war das weiße Blatt Papier. Das weiße Blatt Papier war das Nadelöhr aus der Hölle zurück in die Welt.

Wenn es mir nicht gelingen sollte, das weiße Blatt mit Sinn zu erfüllen, sprich, zu schreiben, dann würde ich tatsächlich lebendigen Leibes verfaulen. Das weiße Blatt richtete sein Ultimatum an mich. Es verlangte von mir, irgendwann, und zwar bald, mit Sinn erfüllt zu werden. Angesichts dieser unlösbaren Aufgabe geriet ich an den Rand hysterischer Angstzustände.

Der Tinnitus, der in meinen Ohren pfiff, begann nun zu dröhnen wie ein Triebwerk.

Ich konnte nicht mehr unterscheiden, ob es die Willenskraft war, die so in meinem Schädel dröhnte, oder der Rotor des Wahnsinns, der permanent ins Leere lief. Oder ob das Dröhnen etwa die dröhnende Leere in meinem Kopf war.

Dem weißen Blatt Papier war es egal, was mit mir geschah. Unbestechlich und kalt wie ein Scharfrichter harrte es der Dinge.

Manchmal hatte ich den Eindruck, dass der Rest eines abstrakten Denkvermögens in der riesigen Leere, in der unvorstellbaren Wüste, die in meinem Schädel herrschte, doch noch herumgeisterte und nach Anhaltspunkten von etwas Brauchbarem suchte, nach irgendeiner Wegzehrung, einem Kanten Brot, den jemand achtlos in die Wüste geworfen hatte, nach einer Plastikflasche, in der noch ein Rest abgestandener Limo verdunstete, nach einem Paar Badelatschen (die dem Menschen von der Schulbehörde der evangelischen Kirchengemeinde gehörten) für die verbrannten Füße dieses abstrakten Denkvermögens oder nach einer Creme, die es sich auf seine verbrannte Haut schmieren konnte, auf das offen liegende, rote Fleisch zwischen der in Fetzen herunterhängenden Haut seines Hodens.

Ich verfolgte diese Suchbewegung mürrisch, argwöhnisch, nur scheinbar untätig, oder mit einem Gefühl großen, unterdrückten Ärgers und Frusts, der sich im unteren Bereich der Waden absetzte und große Nervosität erzeugte, sodass meine Füße wieder zu scharren anfingen. Dieser Ärger blies mich auf wie einen großen Luftballon, der kurz vor dem Platzen war. Aber angesichts der gewaltigen Massen an Zeit, die noch vor mir lagen, wurde ich wieder apathisch. Dem weißen Blatt Papier war das egal.

Werk-Charakter

Im Jahre 1966, als wir sechs Jahre alt waren, schien es uns ratsam zu sein, uns wieder in die Grube hinabzubegeben, um weiter Lehm zu schaufeln. Unsere Überlegungen gingen dahin, uns diesmal besser, nämlich mit Eispickeln, Spaten und Schaufeln auszurüsten und die Grube immer tiefer in die Erde zu treiben, bis wir irgendwann nach Dutzenden oder vielleicht Hunderten von Metern auf jene Schicht aus Geröll und Geschiebemergel stoßen würden, aus der sich die Endmoräne des Bodens zusammensetzte. Dabei wollten wir einen ungeheuren, aus großer Entfernung sichtbaren Berg aus Lehm aufschütten, den wir als Gedächtnismal für unsere großen Toten planten, für all die großen Autoren, Maler und Komponisten, die Behrend uns nahegebracht hatte.

Zuweilen dämmerte uns, wie aussichtslos unser Unterfangen war, eine Gegenwelt zu errichten, hier, wo der Materialismus überall im Vormarsch war. Überall schossen seit dem Frühjahr Baustellen aus dem Boden, die den letzten Rest von Lebenskultur hier oben unter dem Lärm ihrer Bagger und Baumaschinen begruben. Das allgemeine Getümmel hatte allerdings den Vorteil, dass wir in ihm untergingen. Niemandem fiel unter all den Arbeitern, Bauherren, Bauleitern und Bauingenieuren auf, dass auch wir in unserer Grube an einer völlig anders gearteten Baustelle arbeiteten, die einen krassen Gegenentwurf zu ihrem Ziel, eine materielle Existenz aufzubauen, bildete.

Irgendwann in einer fernen Zeit würde vielleicht einmal einer dieser Familienväter an unserem Bauwerk vorbeigehen, an dem er schon tausendmal vorbeigegangen war, und sich plötzlich wundern, warum an dieser Stelle, neben dem bis tief in die Erde gebohrten Loch, ein gewaltiger Berg aus Lehm entstanden war, der bei genauerem Hinsehen dem weißen Wal aus *Moby Dick* glich und in den Himmel ragte.

Und auf einmal würde selbst diesem engstirnigen Familienvater auffallen, dass dies vielleicht kein gewöhnlicher Lehmberg wäre, sondern eine Metapher. Dann wäre schon viel gewonnen in der Welt.

Ein Lehmberg ist ein Lehmberg ist ein Lehmberg, würde dieser Mann dann vermutlich murmeln, um sich zu beruhigen. Aber wir würden ihm aus der Tiefe der Erde antworten. Unsere Stimmen würden von den Grubenwänden zu ihm hinaufgetragen, in einer Art Chorgesang aus Strophen von Gedichten und Sätzen aus Symphonien; Lichtreflexe würden sich auf dem Bergrücken bilden und eine nicht enden wollende Reihe von Namen, Bildern und Eindrücken sein Auge fluten. Manches würde er zu fassen bekommen, manches käme ihm rätselhaft vor. Manches würde er schon einmal gehört haben, und manches klänge nur wie eine Reminiszenz. Die Schönheit würde ihn verwirren und ihm einen Augenblick den sicheren Boden unter den Füßen entziehen.

Mit der Routine von Profis gingen wir wie einst an die Arbeit. Rainer, unser Anführer, gab uns Namen. Er selbst nannte sich »Ritter in Waffen«, »Knight at arms« – nach jenem Gedicht von Keats, dessen erste Strophe lautet:

»O what can ail thee, knight-at-arms,
Alone and palely loitering?
The sedge has wither'd from the lake,
And no birds sing.«

Dies war die Strophe, die seine ganze Lebenssituation erfasste. Er spürte bereits, dass das Glück ihn verließ. Michael war »der Rabe«, »the Raven«. Ich nannte mich »Kurtz« wie jener Kurtz aus *Herz der Finsternis*. Holger wurde der »Einsiedel« geheißen, wie das George-Gedicht:

Ins offne fenster nickten die hollunder
Die ersten reben standen in der bluth
Da kam mein sohn zurück vom land der wunder
Da hat mein sohn an meiner brust geruht.

Ich liess mir allen seinen kummer beichten
Gekränkten stolz auf seinem erden-ziehn –
Ich hätte ihm so gerne meinen leichten
Und sichern frieden hier bei mir verliehn.

Doch anders fügten es der himmel sorgen –
Sie nahmen nicht mein reichlich lösegeld
Er ging an einem jungen ruhmes-morgen
Ich sah nur fern noch seinen schild im feld.

Nur der verwilderte Bauernjunge, den wir als unseren Helfer aufgenommen hatten, besaß keinen Namen.

Rainer schrieb damals schon, im Alter von sechs Jahren, an seinem *Versuch über den Lehm*, der für lange Zeit Fragment bleiben sollte, aber zu dem er immer wieder zurückkehren würde, bis er es, bereits auf der Bohrinsel, schaffte, ihn zu vollenden, bevor er sich, aller Wahrscheinlichkeit nach, jenes Leben nahm, das ihn dann doch noch aus Not und Mangel an finanziellem Rückhalt gezwungen hatte, eben auf jener Bohrinsel eine Ausbildung zum Maschinenbauingenieur zu machen, was für ihn einem Offenbarungseid gleichgekommen sein musste.

Rainer hatte bereits im Alter von vier Jahren perfekt Lesen und Schreiben gelernt. Schon allein deshalb war er in der Dorfschule fehl am Platz. Er war seinem kleinen Bruder Michael nicht nur in aufrichtiger Liebe zugetan. In Wahrheit war der stabile, kleine Bruder, der nicht die Luzidität und die hohe Intelligenz des Älteren besaß, Rainers eigentlicher Beschützer. Er gab ihm die emotionale Sicherheit und die Bodenhaftung, die sein abgehobener Geist brauchte.

Doch während Michael ihm jeden Morgen über den kleinen Trampelpfad zur Grube folgte, besiegelte sich bereits ihr Schicksal. Wenig später zog Behrend den jüngeren Bruder aus der Grube ab und schickte ihn doch noch in die Dorfschule.

Gemäß der elitären Vorstellung, die Behrend von der Menschheit besaß, wonach er sie in »die einen« und in »die anderen« einteilte, gehörte Michael eben zu den »einen« und Rainer zu den »anderen«. Michael gehörte nicht zur Elite. Er hatte keine Texte geschrieben. Rainer hingegen schon. Und deshalb musste er diversen Härtetests standhalten. Dazu gehörte die unangekündigte Trennung vom Bruder, der mit einem Klaps hinunter Richtung Schule verabschiedet wurde und sang- und klanglos darin verschwand. Behrend hätte wissen müssen, dass es das Schlimmste war, was er seinem genialen Sohn antun konnte, denn alles, worum es in dem *Versuch über den Lehm* ging, war der Begriff des »Zusammenhalts«. Dieser Begriff hatte Rainer ungeheuer viel bedeutet, und er hatte in den Jahren 1964 bis 1966 als Anführer unserer kleinen Gruppe stets danach gehandelt, stets nach dem kategorischen Imperativ. Seine These vom Zusammenhalt kreiste um jene intensive Erfahrung von tiefer Zusammengehörigkeit, wie sie unsere kleine Gruppe von Kindern im Jahre 1965 im Lehm gemacht hatte. Nur aus dieser Erfahrung, die mit großem Abstand betrachtet vielleicht sentimental und kindlich wirken mag, konnte er damals seine Erkenntnisse schöpfen. Dass Behrend das übersah, obwohl er die Schriften kannte, die sein sechsjähriger Sohn in seiner Kammer aufbewahrte und wie ein Heiligtum hütete, war ein Zeichen äußerster Grausamkeit und Ignoranz. Und genau das war das Problem. Behrend stammte aus dieser Zeit, und obwohl er sich später einen vergnüglichen, humanistischen, Rudolf Steiner'schen Anstrich gab, blieb er im Kern ein Faschist, der glaubte, dass nur die Stärksten und Härtesten ein Recht hatten zu überleben.

Er war darin meinem eigenen, leiblichen Vater sehr ähnlich, der auch 1928 geboren worden war und seine gesamte Kindheit und Jugend im Dritten Reich verbracht hatte.

Rainer war von dem Tag an, als sein Bruder nicht mehr an seiner Seite war, ein völlig anderer Mensch geworden, verstört, autistisch, nicht mehr bereit, mit der Außenwelt zu kommunizieren. Trotzdem stand er jeden Morgen pünktlich um sechs Uhr wie ein Soldat vor seiner Haustür, unserem Sammelpunkt, von wo aus wir zur Grube marschierten.

Seine Behutsamkeit, sein wacher Blick, seine Aufmerksamkeit waren verschwunden.

Er war finster, bleich und vollkommen in sich gekehrt.

Er war bereits dabei, wie das Gegenüber, das der Dichter Keats in seinem berühmten Gedicht *Ode auf die Melancholie* beschwor (das er am meisten liebte), den Schierlingsbecher zu trinken, hatte Wolfswurz mit bitterem Trank gemischt, war dabei, zu Lethe zu gehen.

Nein, nein, geh nicht zum Lethefluß, noch ringe
den zähwurzligen Eisenhut seines giftigen Weines willen,
noch lasse dir die blasse Stirn vom Nachtschatten küssen,
der rubinroten Traube der Proserpina.

hieß die Warnung des großen Dichters. Er, Rainer, der einst »die Milch vom Paradies« getrunken hatte, war im wirklichen Leben noch viel zu jung, um diese Mahnung auf sich anwenden zu können. Nur in der Kunst war ihm augenblicklich Verständnis gelungen. Sein Anblick stimmte mich traurig, und ich folgte ihm nun, wie es Michael einst getan hatte, aber ich war kein Ersatz für ihn. Der Ozean von Solaris hatte seine Tentakel aus seinem Gehirn zurückgezogen, und Rainer wurde zum »Knight at Arms«, der bleich und allein durch das Schilf irrte, mit dem Todesmal auf der Stirn.

Doch viele Jahre später, in einer Zeit, in der man sich bereits längst von allen sozialen Utopien verabschiedet hatte, in der solche Utopien in den Köpfen der nachwachsenden Generationen überhaupt nicht mehr vorkamen, weil der Kapitalismus bereits die gesamte Realität des Planeten beherrschte, alles alte Wissen getilgt und für einen allumfassenden Gedächtnisverlust gesorgt hatte, kehrte unsere Legende wieder mit einer enormen Strahlkraft zu uns zurück, ausgelöst durch die Lektüre des »Versuchs über den Lehm«, den Rainer uns hinterlassen hatte.

Nach der Trennung der beiden Brüder brach die Niederschrift ab, um erst viele Jahre später wieder ansatzlos aufgenommen zu werden.

Dass ich es war, dem Rainer am Ende seinen Text als Vermächtnis überlassen hatte, war ein Zeichen, das an ein jähes Wunder grenzte.

Ich hatte Angst, das Büchlein zu öffnen. Desto bestürzter war ich, als ich das, was ich las, als die genaue, philosophische Kehrseite meines eigenen literarischen Texts *Die Veranda* wiedererkannte. Wir hatten im Grunde über viele Jahre, eigenbrötlerisch, wie wir waren, genau das Gleiche getan, nämlich die Jahre 1963 bis 1965 heraufbeschworen. Es war uns nie um etwas anderes gegangen als darum, unsere hochexplosive Fracht, unsere Kindheit, durch alle Gefahrenzonen hindurch an einen sicheren Ort zu bringen, nämlich zu Papier. Das alles zeigte mir, wie tief uns unsere damaligen Erlebnisse zusammengeschweißt hatten.

* * *

Der Bauernjunge ist in die Hilfsschule geschickt worden, Holger in eine Tagesschule für »schwer erziehbare Kinder«, und von Rainer, der als Letzter eines Morgens nicht mehr auftauchte, hieß es, er sei auf ein Begabteninternat gekommen, das für mich im Zusammenhang mit ihm aber eher etwas von einer Heilanstalt zu haben schien. Auch dort, so hieß es, gab es Tagesarbeit in der Gärtnerei, als wären es fraglos immer die Gärtnereien gewesen, die für die Heilungsprozesse unserer Seelen verantwortlich waren.

Ich bin nun allein in der Grube. Sie ist bereits an die sechs Meter tief, ein dunkler Schacht, in den um diese Jahreszeit keine Sonne mehr fällt.

Es kostet Selbstüberwindung, in das kalte schwarze Wasser hinabzusteigen. Bin ich jedoch erst einmal unten, dann arbeite ich. Manchmal verlässt mich der Mut. Der Sinn meiner Arbeit geht mir vorübergehend verloren. Aber dann denke ich, ich tue es für die anderen, die nicht mehr da sind. Manchmal bete ich Durchhalteparolen wie ein Mantra vor mich hin. Irgendeine Eigenart meines Charakters zwingt mich, weiterzumachen und der Arbeit mit der gleichen Achtung, dem gleichen Respekt zu begegnen, den wir, die Gruppe, ihr von Anfang an entgegengebracht haben. Ich muss an den Treueschwur denken, den wir abgelegt haben, an die aufeinandergeschichteten Hände, die eine Pyramide bildeten, bevor wir uns abends trennten und jeder seiner Wege ging.

Am Abend, wenn ich aus der Grube steige, bewässere ich den Berg, glätte seine schroffe Oberfläche mit meinen Händen, beschmiere seine Wunden, Schründe und Risse mit feuchtem Lehm. In der Nacht, wenn der Mond aufgeht, wenn alle schlafen, gehe ich noch einmal hinaus und sehe ihn mir an, wie er geheimnisvoll glänzt. Ich glaube, ein weit entferntes Orchester im Orchestergraben zu hören, wie es seine Instrumente im Vorfeld einer großen Symphonie stimmt.

Demütig sammle ich das Material für den nächsten Tag, wie es Bildhauer tun, die am Strand Treibholz und tote Fische sammeln, Balken und Schwemmgut.

Manchmal ergreift mich ein Schwindel beim Anblick des Behrend'schen Hauses, dessen Bild mir nun wie ein Gaukelspiel vorkommt. Es ist alles unwiederbringlich verloren.

Ich gehe allein in die Grube. Ich tauche mit meinem Körper in das dunkle Brackwasser, ich greife den Lehm am Grund und werfe ihn hoch hinauf ins Licht.

Am Abend kehre ich ins Haus zurück.

Eines Tages bitten sie mich ins Wohnzimmer. Wir haben neuerdings Telefon. Ein Mann hat angerufen, der angeblich »mein richtiger Vater« sein soll. Meine Mutter versucht, es mir zu erklären, aber ich gerate in Panik und verstehe gar nichts und will auch gar nichts verstehen. Ich halte mir die Ohren zu und renne hinaus.

In der Nacht lausche ich an der Tür und höre, wie sie telefonieren. Diesmal verstehe ich alles gestochen scharf: Ich sei, heißt es, im Begriff, gewisse Symptome von Wahnsinn zu zeigen, die sich in ähnlicher Form früh auch bei meiner »richtigen« Mutter angekündigt hätten, einer Frau, die sie hassten, wie ich später erfuhr, weil sie den Mann am Telefon, meinen »richtigen Vater«, der wohl der Bruder meiner Mutter war, offensichtlich lebensgefährlich verletzt hatte. Ich weiß heute noch nicht, worauf sich das bezog, ob es psychisch oder physisch war, von einer Messerattacke war einmal die Rede und davon, dass sie einfach in der Nacht fortgegangen ist, ohne ein Wort zu sagen, und mich und meinen Vater im Stich gelassen hat. Von dieser Mutter hieß es, sie lebe nicht mehr, wie es auch später, nachdem ich bereits nach Berlin verbracht worden war, immer hieß, es gebe kein Telefon mehr hier oben, damit ich nicht auf die Idee käme, hier wieder anzurufen, bei meinen Eltern, die ja nicht meine richtigen Eltern wären. Was alles in meinem Leben noch viel unwirklicher machte. Denn nicht nur, dass er, mein »richtiger Vater«, mir sagte, es gebe kein Telefon mehr hier oben, als ich damals in Berlin immer wieder bettelte, mit meinen Eltern sprechen zu dürfen. Er, mein »richtiger Vater«, behauptete sogar eines Tages, als er betrunken war, aus einer Laune heraus, und von da an ständig, ich hätte mir diese Zeit hier oben auf der Hut nur eingebildet. Diese zwei glücklichen Jahre, von denen ich immer sprach, hätte es nie gegeben. Mein Leben sei nahtlos von der Stadt Frankfurt, an die ich mich nicht mehr erinnern könne, nach Berlin übergegangen. Ich hätte nur, wegen des Weggangs meiner »richtigen« Mutter, eine Amnesie gehabt, einen Gedächtnisverlust, und die schönen Bilder von der Hut, die ich mir einbildete, kämen in Wirklichkeit aus einem russischen Bilderbuch über die Taiga, das er, mein »richtiger« Vater, mir zu Weihnachten geschenkt habe. Wie infam diese schrecklichen Lügen waren und wie sehr sie mich durcheinanderbrachten, darüber bin ich mir erst viel, viel später im Klaren geworden, als ein großer Teil meines Daseins bereits begraben worden war von einer permanenten Angst und einem permanenten Druck, welche die ständigen Begleiter meines unsteten und unruhigen Lebens geworden waren. Später, als ich nach meinem ersten Selbstmordversuch, den ich nach dem Scheitern von *Die Veranda* begangen hatte, stationär in der Klinik lag, besuchte mich nach vielen Jahren jener Mann, der »mein richtiger Vater« sein sollte und den ich seit damals in Berlin nicht mehr gesehen hatte, als hätte er meine prekäre Situation gewittert. Ihm stand da bereits der Tod auf die Stirn geschrieben, und er wollte offenbar etwas beichten und die Absolution von mir erhalten.

Ich hatte mir beide Pulsadern aufgeschlitzt und dabei die Bewegungsnerven beider Hände getroffen und wusste zu diesem Zeitpunkt noch nicht, ob ich sie jemals wieder benutzen konnte. Er gab zu, dass er mich damals angelogen hatte. Er hatte damals verhindern wollen, dass bei einem Telefonat mit meinen Eltern, die nicht meine richtigen Eltern waren, all die Erinnerungen an die Zeit, in der ich so glücklich gewesen war, wieder hätten heraufbeschworen werden können. Dadurch hatte er mich in eine ganz und gar aussichtslose Situation gebracht, die dazu führte, dass ich in der Nacht heimlich immer wieder aufgestanden war und die große Stadt West-Berlin bis zu den Bahnhöfen und Grenzübergängen durchquert hatte, in der Hoffnung, dass man mich in einen Zug steigen ließ, der mich zurück nach Westdeutschland brächte, zurück zu meinen Eltern oben auf der Hut. Er entschuldigte sich für diese schreckliche Lüge.

Es sei, meinte er, vielleicht ein großer Fehler gewesen, mich damals, im Alter von sechs Jahren, nur weil ich ein paar Schwierigkeiten gemacht hätte, von der Hut fortzuholen in diese graue und hässliche Stadt, wo ich keine Kameraden gefunden hätte und immer nur allein gewesen sei. Und es tue ihm leid, wenn er daran dächte, dass er mich immer auf der Toilette am Ende des Flurs am Boden hockend gefunden habe, wenn er nachts betrunken nach Hause gekommen sei. Und ich solle ihm doch, weil er sterbe, verzeihen.

Ich tauchte meine tauben Fingerspitzen in den Urin der unterhalb des Bettes stehenden Schüssel für die Fäkalien und segnete ihn, indem ich seine Stirn damit benetzte.

Es ist früh am Morgen. Auf dem Weg zur Grube kommt der Wolkenbruch. Große, kalte Tropfen prasseln hernieder. Ein Rauschen von Millionen von Tropfen, die gleichzeitig, Geschossen gleich, in den weichen Lehm einschlagen, liegt in der Luft und hüllt mich ein.

Zehn Minuten, nicht länger, braucht die Wolkenfront, um sich zu entleeren. Dann kommt die Sonne heraus und bringt alles zum Gleißen. Ich stehe zum letzten Mal in diesem überschwemmten, gleißenden Land. Vor mir liegt der Wal. Ich weiß, ich muss ihn fertigstellen, diesen gewaltigen Bergrücken, den wir geschaffen haben in der Arbeitsperiode 1964/65/66. Jetzt erst wird mir das Ausmaß dieser Arbeit bewusst. Ich steige die Leiter hoch, die ich an seiner Flanke angelegt habe. Oben angekommen, umarme ich ihn, spüre seine Ruhe und Kraft. Irgendwann beginne ich, ihn zu bearbeiten, seine Flanken, seinen Rücken zu glätten, seine Risse und Wunden und Harpunenlöcher.

Ich streiche, ich schmiere, ich glätte den ganzen Tag, begieße ihn mit dem Wassereimer, damit er zu trinken hat und nicht verdurstet. Spät am Abend ist mein Wal fertig.

Ich muss lange Zeit vor seinem Anblick ausgeharrt haben, denn als ich wieder zu mir komme, ist es stockfinster, und ich verliere beinahe die Orientierung.

Nun sitzt der Mann im Wohnzimmer und wird mir vorgestellt als mein »richtiger Vater«.

Es ist eine bizarre, absurde Situation. Er kommt mir irgendwie vertraut vor, aber ich weiß nicht, woher. Er geht vor mir in die Hocke, legt mir beide Hände auf die Schultern und sieht mich glotzäugig an. Ein trunkener Glanz liegt in seinen Augen. Sein Atem riecht komisch. Er sagt, ich würde ihn an meine Mutter erinnern, und lächelt dabei blöde und sentimental. Dann erklärt er mir, dass er mich mitnehmen will. Ich gerate in Panik und will weglaufen, zu meiner Mutter, aber meine Mutter ist nicht mehr meine Mutter, und mein Vater ist nicht mehr mein Vater. Die Welt hier drin stimmt nicht mehr. Sie stehen am Rand des Wohnzimmers und haben ihm allen Raum gelassen. Er hat die uneingeschränkte Autorität. Ich reiße mich los und flüchte in die Arme meiner Mutter, die nicht mehr meine Mutter ist. »Erklärt ihr es ihm«, sagt er seufzend. Sie erzählen mir, dass ich ein großes Kinderzimmer bekomme. Was dann geschah, weiß ich nicht mehr.

Später sitzen wir alle auf der Couch. Er hat seinen Arm um mich gelegt und blättert in einer Zeitschrift. Berlin sei eine aufregende Stadt. Dort sei der »summer of love« ausgebrochen, erzählt er. Ob ich nicht wisse, was der »summer of love« sei?

Ich schüttle den Kopf. Er öffnet die Mittelseite des Magazins und zeigt mir ein ganzseitiges Photo von einer jungen Frau mit langen schwarzen Haaren, die vollkommen nackt ist und ihre Beine gespreizt hat. Sie ist an dieser Stelle behaart und hat dort eine ekelerregende, klaffende Wunde. Das sei der »summer of love«, schmunzelt er.

Da ist Angst, da ist Schmerz, aber irreal und in die Länge gezogen, wie unter einer Lachgasnarkose.

Im Flur steht bereits mein kleines, armseliges Köfferchen, mit dem ich angekommen bin. Man hat es schon gepackt. Es sind all die Sachen darin, die mir später in der Zeit der Unwirklichkeit als Beweis dienen werden, dass ich tatsächlich hier oben gewesen bin. Der Holzhamster, meine Haferlschuhe, das braune Hemd, von dem ich später erfahre, dass es noch aus der Hitlerjugend stammte.

Ich habe keine Kraft mehr, noch einmal hinaus in die kalte Nachtluft zu gehen, ich bin erdrückt worden. Es gibt mich nicht mehr.

Am nächsten Morgen lasse ich mich deportieren.

Ende

Bibliographie

Samuel Beckett: Molloy, in: ders. Drei Romane. Molloy. Malone stirbt. Der Namenlose. Aus dem Französischen von Elmar Tophoven, Erika Tophoven und Erich Franzen. Frankfurt a. M. 2005.

Thomas Bernhard: Das Kalkwerk. Frankfurt a.M. 2001.

Joseph Conrad: Herz der Finsternis. Aus dem Englischen von Daniel Göske. Stuttgart 1997.

John Donne: No Man Is an Island, in: ders.: Devotions Upon Emergent Occassions. Hg. v. John Sparrow. Cambridge 2015.

Stefan George: Der Einsiedel, in: ders.: Sämtliche Werke, Bd. 3. Hg. v. der Stefan-George-Stiftung. Stuttgart 1991.

James Joyce: Finnegans Wake. London 2000.

Franz Kafka: Das Schloss. Frankfurt a.M. 1963.

Franz Kafka: Ein Landarzt, in: ders.: Die Erzählungen und andere ausgewählte Prosa. Hg. v. Roger Hermes. Frankfurt a. M. 2008.

John Keats: La Belle Dame Sans Merci, in: ders.: Complete Poems. Hg. v. Jack Stillinger. Cambridge, Mass. 1982

John Keats: Ode auf die Melancholie, in: ders.: Gedichte und Briefe (1950). Die Rechte an der deutschen Übersetzung von Hans Walter Häusermann liegen beim Manesse Verlag, Zürich, in der Verlagsgruppe Random House GmbH, München.

Stanislav Lem: Solaris. Aus dem Polnischen von Irmtraud Zimmermann-Göllheim. Berlin 2006.

Thomas Mann: Doktor Faustus. Frankfurt a.M. 1990.

Edgar Allan Poe: Der Rabe: zweisprachig. Aus dem Englischen von Hans Wollschläger. Frankfurt a.M. 1993.